文春文庫

陰陽師

女蛇《めのへび》ノ巻

夢枕獏

文藝春秋

目次

陰《おん》陽《みよう》師《じ》　女蛇《めのへび》ノ巻

傀儡子《くぐつ》神《がみ》

一

満開の桜が、光の中で静かに揺れている。

揺れるたびに、ひとひら、ふたひら、はなびらが枝からこぼれてゆく。

わずかな風にはわずかに、少し強い風には少し大きく、枝が揺れる。その揺れに合わせて、はなびらが枝から離れてゆくのである。

ひとつの樹に、花は無限に咲いている。

幾百、幾千、幾万、幾千万、幾億ものはなびらのうち、枝から離れる準備ができているのは、ごくわずかだ。そのわずかなはなびらが、わずかな風に散る。

そして、次の風が吹く。

その次の風までの間は、ごくわずかであるのだが、そのわずかな時間のあいだに、幾億枚とあるはなびらのうちの何枚かに、散る準備が整うのである。

そして、次の風で、その何枚かが散ってゆくことになる。

しかし、どれだけ散っても、どれだけ散り続けても、桜のはなびらはいくらも減ったようには見えない。

無限の刻《とき》が、満開の桜の中には閉じ込められているようであった。

「不思議だなあ、晴明《せいめい》よ」

そう言ったのは、源博雅《みなもとのひろまさ》であった。

土御門大路《つちみかどおおじ》にある安倍《あべの》晴明の屋敷――その簀子《すのこ》の上に座して、博雅は晴明と酒を飲んでいるのである。

「何が不思議なのだ、博雅よ」

晴明は、口に運びかけた杯を途中で止《と》めて、博雅を見た。

博雅は、さっきから酒の入った杯を手に持ったまま、庭の桜を眺めている。

「桜のはなびらがこうして散ってゆくのを見ていると、なんだかこう心が浮き立ってくるようなのだ」

「ほう……」

「もののあはれは春こそまさるものだとは、かねてより言われていることだが……」

「それが、どうしたのだ」

「いや、桜の花の散るのは、なんとももののあはれを誘うものではあるのだが、それとは別に、散る桜を眺めていると、なんだか、こう、踊り出してしまいたくなるような心持ちもまた、おれの中に湧いてくるのだよ。そのあたりが、なんともまあ我ながら奇妙な気がして、不思議な心もちになってしまうのだよ」

「まあ、桜というのは鏡だからな」

「鏡？」

「ああ、そうだ」

「なんだ、どういうことなのだ」

「鏡は、まあ、人の顔や姿を映すものだが、桜は人の心をよく映すということだ」

「なに⁉」

「人はな、他人の顔はよくわかるのだが、自分の顔のことは、実はよくわかっていないのだ。鏡を見て初めて、人は、己れの顔がどういうものであったかわかるのだ。心も同じさ」

「どう同じなのだ」

「おれは今、桜と言うたが、別に桜でなくともよいのだ。人は、何かを見て初めて心を動かされる。それで初めて、自分の心について知るのさ。動かぬものは、たとえ心であれ、なかなか本人には、見えぬものなのだ」

「ふうん……」

と、博雅は、宙で止めていた杯を持ちあげ、酒を干した。

「だからどうなのだ、晴明よ」

「だからとは？」

「おまえに今、鏡だのなんだのと説明されて、おれも、なんだかわかったようなわからぬような気にはなったのだが、つい今まであった、踊り出したくなるような、うきうきした心持ちが、どこかに行ってしまったではないか——」

「いや、それはすまん」

「いやいや晴明よ、謝《あやま》られてもなあ。頭を下げる必要はないのだ。ただ……」

「ただ？」

「よくわからん」

博雅が言った時、庭を歩いてくる者の姿があった。

唐衣《からごろも》を着た蜜虫《みつむし》である。

桜の下に蜜虫が立って、

「お客さまがお見えでござります」

そう言って頭を下げた。

「どなただ」

晴明が問うと、

「儂《わし》じゃ……」

声がして、蜜虫の背後から姿を現わした人物がいた。

蘆屋《あしや》道満《どうまん》であった。

二

小野五倫《おののいつとも》は、伊豆守《いずのかみ》であった。

長い間外記《げき》の役職にあって、大外記《だいげき》となったのだが、たまたま欠員がなかったので、伊豆守に任ぜられた人物である。

小野五倫が、任国である伊豆に入った時、それまで目代《もくだい》として勤めていた者が病気になって役を解かれていたため、あいにく目代がいなかった。

この目代、どういう役かというと、国守《くにのかみ》を補佐するのが仕事である。守《かみ》が不在のおりには、かわってあれこれの政務もとりおこなわなければならない。

目代がいないと、五倫もなにかと不便であり、日々の仕事もうまくまわってゆかない。

「どこかによい人物はないか」

と、捜させたところ、

「駿河国《するがのくに》に、ほどよき人がおります」

と言う者がいた。

「才賢《ざいかしこ》く弁《わきま》え有りて、手《て》など吉《よ》く書く者にてござりますれば……」

そういう話であったので、さっそく、五倫は、人をやってこの人物を呼びよせた。

やってきた男は、宿徳《しゅくとく》のありそうな、ほどよく肉のついた恰幅《かっぷく》のよい人物であった。

「丹《たん》とお呼びくだされ」

男は言った。

額《ひたい》のところに黒子《ほくろ》がふたつ、並んでいる。

真面目そうで、話をしている間も笑わない。

言葉遣いも丁寧である。

「手を見せてくれぬか」

五倫は言った。

手——つまり、書き文字、筆使いのことである。

筆と硯《すずり》と墨《すみ》が用意された。

紙はすでに目の前にある。

丹が筆を手に取って、さっそく紙に文字を書いてゆく。

達筆というほどではないが、充分読むことができる文字で、書き損じがない。筆の運びが軽く、速い。

目代としてうってつけの手と言えた。

他に必要なのは、沙汰《さた》のことである。税の計算がきちんとできるかどうか。あらかじめ用意させておいた、かなり複雑な沙汰の文《ふみ》を取り出して、

「この物、いくらか入《いり》たると、沙汰せよ」

収入がどれほどになるか、計算してみせよと、五倫は言った。

「では――」

と、丹は、その文を見やり、用意されていた算木《さんぎ》を取り出し、それを並べて、

「これほどになりましょうか」

そう言った。

確認するまでもない。

丹が口にした結果は正しかった。

「手もよし、弁えも充分である。では、働いてもらおうか」

そういうわけで、丹は、目代として五倫のもとで働くこととなったのである。

使ってみれば、丹は、五倫が思っていた以上に能力があって、どのような仕事をさせても、間違うということがなかった。他の者が、別の仕事で手まどっていれば、代りにその仕事をこなし、しかし、それによって自分の仕事がおろそかになるということもない。

こうして、丹が勤めはじめて、二年ほどが経《た》ったが、この間《かん》丹が、五倫の機嫌を損ね

るということは、ただの一度もなかった。

それでは——

と、五倫は、任国内の適当な地を、この丹に預けた。

しかし、その仕事によって、丹が裏で私腹を肥やしたという噂も聞こえてはこなかった。

適当にやって、余禄《よろく》を懐《ふところ》に入れてもかまわぬという意味で与えた仕事であったが、丹がそのようなことをしたとは、とても思えない仕事ぶりであった。

三年もする頃には、丹の評判は隣国にも知られるようになった。

ある日——

守と丹とは、庭に面した間《ま》で、仕事をしていた。

たくさんの文書《もんじょ》を用意して、それに印を押す——下《くだ》し文《ぶみ》、つまり通達書なども、守にかわって丹が書き、それに丹自らが印を押してゆくのである。

その仕事が半分ほども終ったかと思える頃、門をくぐって、わらわらと何人かの人間たちが庭に入ってきた。

ある者は笛を吹き、ある者は鉦《かね》を叩き、ある者は羯鼓《かっこ》を叩き、他の者たちは、身ぶり、手ぶりよろしく、足を踏み鳴らしながら楽しそうに歌い、踊っている。

傀儡子《くぐつ》の者たちと見えた。

守が見やれば、その集団の前に、ひとりの老人が立って、何やら口上のごときものを口にしている。

「いざ、ごろうじろ。ごらんそうらえ。当地にまかりこしたるは、天竺《てんじく》、唐《から》と過ごして、この日本国まで渡ってまいりましたる傀儡子者《くぐつもの》。本日は、お披露《ひろ》めなれば、金はいらぬぞ、さあ、さあ、さあ……」

ぼうぼうと蓬《よもぎ》のように伸びた髪は白く、長い眉毛の下に、愛敬《あいきょう》のある黄色い眼が光っている。

人形《ひとがた》ぶりで踊る者、箱から人形を取り出して、それに芸をさせる者。

なんとも賑やかである。

屋敷中の者が集まってきた。

やってきて、庭を拝借させてくれぬかと言われても、仕事中であるから、

「また、日をあらためて――」

と、断っていたところだが、いきなり入ってきて、こういうようなことになってしまっては、もう止められるものではない。

傀儡子者たちが、おもしろく囃《はや》したてるものだから、守も自然に笑みがこぼれ、心が楽しく浮き立ってくる。

ふと、守が前を見ると、印を押していた丹の手が、これまでとは違う動きをしていた。

丹の印を押す手が、傀儡子たちの吹き歌う拍子に合わせて、三度拍子《さんどびょうし》に動いているのである。

さらに、丹の肩が、やはり三度拍子に揺らされているではないか。

それを見てか、傀儡子たちの囃したてる歌や、鳴りものが、いっそう大きく賑やかになった。

三度拍子で押していた印を、そこに放り投げ、

「もうたまらぬ」

丹は立ちあがっていた。

丹の口から、太く辛《から》びた声が洩《も》れた。

丹は、傀儡子たちの歌に合わせて唄い出していた。

五倫が見ているうちに、丹は庭へ跳びおりて、傀儡子たちの音曲《おんぎょく》に合わせ、自らも踊り出したのである。

太い身体が、自在に動き、その様がまた滑稽《こっけい》でおもしろい。

やがて——

傀儡子たちの音曲がやんだ。

急に、あたりが静かになった。

丹も、踊りやんで、そこに立っている。

その横に、さっき口上をのべていた老人が並んでいた。

「充分に楽しんだかね」

老人が言った。

丹が、こくんと顎《あご》を引いてうなずいた。

「なら、もう、このくらいでよかろうか」

老人が、丹の額に、軽く右手の人差し指で触れると、急に丹の身体が縮んで、ことん、と前に倒れた。

見れば、老人の足元の土の上に、一体の木偶《でく》——人形が、うつぶせに倒れていた。

三

「これはこれは道満さま。今日は、何故《なにゆえ》のおこしにござりますか——」

晴明が声をかけた。

「花がみごとに咲きたる故《ゆえ》、ぬしに酒でもたかろうかと思うてなあ」

桜の下から歩み出てくると、道満は言った。

少し、はにかんだような笑みを、道満はその眼元に浮かべている。

「どうぞ、酒ならまだ充分にござりますよ」

晴明の声が、わずかにはずんでいるようなのは、道満の出現を嬉しく思っているからであろうか。

「では――」

道満は、庭から簀子の上にあがって、そこに座した。

すぐに、蜜虫が杯を用意して、それを道満の前に置いた。

その杯に、蜜虫が酒を注ぐ。

それをゆったりと乾《ほ》して、

「甘露《かんろ》……」

道満は、口元をぬぐった。

「しばらく、都でお噂を聞きませんでしたが――」

博雅が声をかける。

「伊豆へ出かけていたのでな」

「伊豆へ?」

「久しぶりに、今年はぬしらと花でも眺めながら酒をと考えていたのだが、何か手土産《てみやげ》品でも用意せねばと思うてな――」

「それが、どうして伊豆なのです?」

博雅が問えば、

「五十年ほど前、いずれ酒の相手でもさせようと思い、木偶を一体《ひとつ》、作ったのさ」

道満は、あらたに杯に注がれた酒を口に運びながら言った。

「木偶を？」

何か、興味を覚えたように、晴明が言った。

「この作った木偶を、知り合いの傀儡子師にあずけてな。三十年も使ってもらえば、ひと通りの音曲や踊りも覚えるであろうかと考えていたのだが、これが、十数年昔に消えてしまったというのさ」

「いなくなった？」

「盗まれたか、自ら動き出していなくなったのか――」

「道満さまのお作りになった人形なれば、そういうこともござりましょうな」

「ちょうど、傀儡子たちが、駿河国にいた時であったということでな」

「はい」

「それが、このほど、どうやら伊豆あたりで目代のようなことをやっているという話が聞こえてきたのさ」

「目代を？」

「傀儡子師の知り合いも、このおれとつきあうくらいであるから、多少は呪《しゅ》のことも心得ていてな。伊豆守の目代が、どうも、おれの作った木偶に似ていると言うのさ」

「ほう……」

「その目代、額のところに、こう、黒子がふたつ並んでいる。おれの作った木偶もまた、額のところにふたつ、天地の陰陽の気を取り入れるための小さな穴が並んでいる。それを見た者が、これはもう間違いないというのでな、それで、伊豆まで出かけてな、我が眼で確かめたら、その通りであったのでな、その木偶をとりもどしてきたのさ」

道満は、懐に手を入れ、一体の木偶を取り出した。

一尺足らずの人形で、五体が木でできていて、手足や頭を、太い糸で胴に繫《つな》いでいる。

「これが……」

晴明が、それをしげしげと見つめた。

「色々と、人の世のことを見聞するにつれ、自分も、人形ではなく、人として世に出てみたくなったのであろう。その昔、多少つきあいのあった玄道士《げんどうし》の丹蟲翁《たんちゆう》から、丹の字をもらって、丹と名づけていたのだが……」

「そうだったのですか——」

「傀儡子師たちと共に、件《くだん》の屋敷へ出むいて、囃したてたら、こやつ、たまらずに踊り出して、それとわかったのだが、なんだか妙に哀れな気もしてな……」

道満は苦笑し、

「せっかくじゃ、花の下《もと》で舞わせよう」

そう言って木偶を持ちあげ、額の右側の穴に口をあてて、

「ふっ」

と、息を吹き込んだ。

続いて、左の穴に唇をあて、

「すん」

と、息を吸い込んだ。

「これで、丹の体内にある陰陽の気が動き出す……」

道満が言い終えぬうちに、道満の手の中で、人形の手足が、もぞもぞと動き出した。

道満が、丹を簀子の上に置くと、二本足で立った。むくり、むくりとその身体が大きくなり、顔が人のようになってゆき、いつの間にか、直衣《のうし》のようなものまで身につけている。

「博雅どの、笛を――」

道満が言った。

「では」

博雅が、懐から葉二《はふたつ》を取り出して、唇にあてた。

ほろほろと、笛の音《ね》が滑り出てきて、桜の風に乗って、流れてゆく。

きと、
きと、

と、丹の眼球が動き、桜を見た。

小首を傾《かし》げたのは、博雅の笛に、耳を傾けているものと思われた。

丹の身体は、もう、笛の音に合わせてゆらゆらと動いている。

「好きなように舞え」

道満が言うと、丹は、嬉しそうににんまりと笑った。

庭へ跳び降り、小躍《こおど》りしながら桜の方に歩いてゆく。歩きながら、ひょいと手があがり、ほいと足で拍子をとる。もう、踊っているのである。

桜の下に立って、丹は踊り出した。

嬉しそうであった。

丹の上に、はらはらと桜が散りかかる。

博雅の笛が、丹の動きに合わせて、早くなったり、ゆるやかにうねったり、跳《は》ねるような音になったりする。

酒を飲みながら、晴明が微笑している。

道満が照れたように笑っている。

笛を吹く博雅も、楽しそうに笑みを浮かべている。

桜が散る。

はなびらが舞う。

いくら散っても、桜の花はいくらも減ったように見えない。
爛漫《らんまん》の、花の宴《うたげ》であった。

竹取《たけと》りの翁《おきな》

一

嵯峨野《さがの》の奥に、竹取りの青盛《あおもり》という男が住んでいた。

もとは平氏の武士であったのだが、ある時、世を捨てて山に入った。

竹を取り、それで籠《かご》を編《あ》んだり、笊《ざる》を編んだりして、それを都で売って暮らしをたてていた。もともと手先が器用であったので、筆や笛までも作り、それを、銭や絹や米とかえて生きていた。

初めは老いた母とふたり暮らしであったのだが、小竹《こたけ》という女を妻とした。

まだ、子はいない。

都で出入りをしていた藤原重末《ふじわらのしげすえ》の屋敷で働いていた女であったのだが、青盛が通ううちに、わりない仲となって、妻となった。

が——

青盛に嫁《か》して一年もしないうちに、小竹は都を恋しがるようになった。

「あなたはいつも、そうやって都へ出てゆくからいいけれど、わたしは毎日毎日、ここで同じことの繰り返しですもの」

そう言って泣くこともあったので、都へ出る時、三度に一度は、青盛も妻の小竹をともなって山を下りるようになった。

青盛の母というのが、幾つになっても達者《たつしや》で、よくひとりで竹を取りに山に入った。どういう目利きの才があるのか、母が山から取ってくる竹は、青盛が取ってくる竹よりもずっと筋目がよくて、大事な頼まれ仕事の時は、母がとってきたものを使うようになった。

この母が、青盛が都へ出ている間に竹を取りに山へ入ったまま帰ってこなくなったのは五年前である。

何日も、山に入って心あたりの場所を捜したのだが、やはり見つからない。

日ごろから、

「あんまり長生きしても、おまえたちに申しわけないから、元気なうちに、好きな山の中で死にたいものだ」

そんなことを言っていたので、もしかしたら帰ってこないつもりで、自ら山の奥に入っていったのかもしれないと考えて、青盛も母親の探索を十日ほどであきらめたのであった。十日もすれば、もう生きているとも思われなかったからである。

で、それから五年ほどが過ぎた今年の夏の初め——

妻の小竹が、ある朝、

「目が痛い」

そう言い出したのである。

眠っていたのだが、しくしくと目が痛み、まだ暗いうちに目が覚めてしまったのだということ。

「どうしたのだ」

と、起きてきた青盛にわけを話し、明るくなってから目を見てもらうと、両目がまっ赤である。

水で目を洗い、水に浸《ひた》した布を目にあてて様子をみたが痛みが治《おさ》まらない。痛みはかえって増してゆくようである。

夜になって、さらに痛みは増し、三日目の夜には眠れないほどになった。

知る限りの薬草の中から、効きそうなものを煎《せん》じて飲ませたが治まらない。

「痛や、痛や……」

夜になると、小竹の声で青盛も目を覚ます。

青盛も眠れない。

これは、尋常のことではない。

それで、青盛は安倍晴明《あべのせいめい》をたよって、小竹と共にその門を叩いたのである。

二

「これはひどい……」

晴明は、小竹の目を見てそうつぶやいた。

赤く充血しているというのを通りこして、もはやその眼は血の色をしていた。

「まずは、嵯峨野へうかがいましょう」

晴明は、そう言って、その場に居あわせた源博雅《みなもとのひろまさ》と共に、青盛の家までゆき、懐《ふところ》から白い紙を取り出し、それを人形《ひとがた》に切った。

その人形を持って、

「これに涙を――」

晴明は、そう言って、その人形を小竹の目に当てた。

小竹の目からこぼれる涙が、その人形の上に赤い染《し》みを作った。

小竹の瞼《まぶた》に右手の指をあて、晴明は短く呪《しゅ》を唱えた。次に同じその指で、左手に持った人形に触れ、これもまた短く呪を唱えた。そして、その人形を地に置くと、ひょこりとその人形が立ちあがった。

人形が歩き出す。

「さあ、まいりましょう」

その人形の後を、晴明が歩き出した。

うながされて、博雅、青盛、小竹が晴明の後をついてゆく。

人形は、森の中へ入っていった。

新緑の森の中を、人形は歩いてゆく。

風に、その紙の身体がゆらゆらと揺れはするものの、飛ばされずに人形は進んでゆく。

家の裏手の山の中にある竹林を通り過ぎて、なお山の奥へと入ってゆく。

一刻も過ぎたかと思える頃、人形は、さらに山の奥にある竹林の中を歩いていた。

人形が立ち止まった。

たれもが、人形の前にあるものを見て驚いた。

「なんと⁉」

そこに、ほとんど白骨化した女ものの衣《きぬ》を着た屍体が仰向けに倒れていたのである。

「晴明、こ、これは⁉」

博雅が、硬い声で晴明に問うた。

「わが、母者《ははじゃ》でござります……」

青盛が言った。

五年前、行方知れずとなっていた、青盛の母の屍体であった。

山に入った母親は、よい竹を見つけても、すぐにはそれを切らない。

「もう十日ほどもしてからが、切りごろであろう」

そう言って、十日後にまた山に入り、どこぞで見つけた竹一本を切って持ち帰ってくる。

達者とはいえ、歳《とし》のこともあるし、女の身である。持ってくるのは一本だけだ。きちんと枝を払い、いらぬ部分は切り捨ててあるので、母親ひとりでも竹一本なら持ち帰ることができるのだ。

そのよい竹のある場所を、母親は、いつも息子の青盛にも小竹にも言わなかった。ただ一人《いちにん》で、竹を見つけ、切り、持って帰ってくるのである。

そういう秘密の場所であるここまでやってきて、母親はぐあいを悪くしてはかなくなったものであろうと思われた。

「目の痛みの原因はこれですね」

晴明は、そう言って、屍体の頭部を指差した。

晴明に示されるまでもなく、一同はその光景をしっかりと眼にしていた。

まだ、白い髪の毛の残るされこうべの両の目の穴から生えてきた筍《たけのこ》が芽を出し、伸びて、その目の穴いっぱいに成長していたのである。

「これは、母上が、この場所を我らに知らせんと、小竹殿の身体をかりて、目の痛みを訴えていたのでしょう」

青盛は、その筍を切って、両の目から抜いてやった。

「これで、三日、四日ほどで目の痛みもおさまるでしょう」

晴明は言った。

そのまま、屍体は運ばれて、青盛の家の裏手に葬られたのである。

三

晴明と博雅は、簀子《すのこ》の上で酒を飲んでいる。

庭に咲いている藤の花は、もう盛りを過ぎているにもかかわらず、その甘やかな匂いを風にのせて、ふたりのいるところまで届けてくる。

土御門大路《つちみかどおおじ》にある晴明の屋敷の庭——池のほとりには菖蒲《あやめ》が咲いている。

ふたりの杯が空《から》になるたびに、横に座した蜜虫《みつむし》が、酒を満たす。

「凄いものだな、晴明よ——」

博雅は言った。

「何がだ」

晴明が問う。

「この庭の有様《ありよう》がさ。たちまちのうちに、春をどこかに押しやって、夏がおしよせてくるようだな……」

博雅は、そう言って杯の酒を口に運ぶ。

大気の中に、むんむんと新しい力が満ちて張りつめているのがわかるようであった。

「しかし、青盛の母者の一件は、なんともあっさりかたづいてよかったな……」

杯を置きながら博雅は晴明を見やり、

「もう、小竹殿の目もなおっている頃であろう」

庭の藤へその視線を移した。

嵯峨野へ出かけてから、すでに五日が過ぎようとしていた。

「ああ、その一件だがな……」

晴明が、思い出したように言った。

「どうした」

「いや、ひとつ、気になることがあってな。それがどうも、今も心にかかっているのだ」

「どういうことだ?」

博雅が言った時、のっそりと庭に式神《しきがみ》の呑天《どんてん》が姿を現わして、

「お客さまでござります」

ずんぐりした身体をふたつに折って、頭を下げた。

呑天の後ろからやってきたのは、五日前に別れた青盛であった。

その顔が、困りきっているように、歪《ゆが》んでいる。

「どうなされました？」

晴明が問うた。

「それが……」

青盛は、どうしてよいかわからぬといった風に顔を左右に小さく振って、

「まだ、小竹の目がなおらないのです」

重い石を吐き出すように言った。

四

小竹の目の痛みは、青盛の母親の屍体を葬ってからも、よくならなかった。それだけではない。日を重ねるにつれて、前よりも悪くなっていったのである。

「痛や、痛や――」

と、夜に限らず日中にも痛みを訴え、時にその痛みに耐えかねて、転げまわるようになった。

ただ赤くなっているだけでなく、目からはだらだらと血がこぼれ、小竹の顔は血みど

ろになった。

　これは、あまりにおかしいと、青盛は再び晴明をたずねてやってきたということであった。

「晴明よ、おまえ、気になることがあると言うていたな」

　博雅が言ったのは、嵯峨野へ向かう車の中であった。

「ああ、言った」

「何なのだ、それは――」

「青盛殿の母上は、何のために山に入ったのかということだな」

「それは、竹を切るためではないのか」

「ならば、屍体の傍《かたわら》に、鉈《なた》か、鉞《えつ》か、竹を切るための道具がなければならぬ。それがなかったのだ」

「な……」

「そう思って、周囲を見回したが、どこにも落ちていなかった」

「ということは――」

「竹を切りに山に入ったのではなく、別の理由で入ったか、どこかで失《な》くしたか。失くしたとするのなら、どこで、どういう理由で失くしたのか――」

「何故《なにゆえ》、あの時、それを言わなかった？」

「深く考えなかったのだ。小竹殿の目の痛みの原因がわかり、それで、事は落着したと思うたのでな。しかし、まだ、小竹殿の目の痛みがとれぬというのなら話は別だ――」

「どう別なのだ」

「思うところはまだある」

「何だ」

「これだけ話したのだ。あとは、あちらに着いてから、おれの考えが正しいのかどうか、それを見極めてからということだ」

「ふうん……」

わかったような、わからぬような、博雅はそういううなずき方をした。

五

「痛や、痛や……」

小竹が、床にうずくまって、顔を押さえている。その手の間から、血がこぼれ出てくる。

「これは、一刻も早くなんとかしなければなりませんね」

晴明は、青盛を見やり、

「ところで、五年前のことを、もう一度お聞かせ下さい。どういう状況だったのですか

「――」

そう訊《たず》ねた。

「その日、わたしは、都まで、作った籠を売りに出かけておりました。夕方にもどってきたら、小竹から、山に竹を取りに入ったきり母が帰ってこないのだと言われたのです」

「母上は竹を取りにゆくと小竹殿に言われたのですね」

「ええ。今は、小竹があのようなので、かわってわたしが言いますが、確かにそう言ったと」

「場所も告げずに?」

「ええ。そのように聞いております――」

「いつもそうなのですか」

「はい。母は、めったに、自分がどこへ竹を取りにゆくかを口にしませんので……」

「母上は竹を切るのに、いつも何を使っていたのです?」

「このくらいの――」

と、青盛は両手を一尺に余る幅に広げてみせ、

「鉈をいつも持っていっております」

「では、その時も?」

「だと思います。調べたのですが、家のどこにも、母がいつも使っていた鉈がありませんので、その時も、持っていったのだと――」

「なるほど……」

晴明はうなずき、うずくまって、痛や痛やと声をあげている小竹の方へ歩みよった。

晴明は、懐からふたつに畳《たた》んだ紙を取り出し、その紙の間に挟んでいたものを、右手の指先でつまんだ。

一本の髪の毛であった。

「晴明、それは?」

「青盛殿の母上の右手の指にからんでいたものだ」

言いながら、晴明はその髪を床に置いて、

「あるじはなのれ　あるじなのらねば　なんじみずからあるじのもとにかえるがよい」

と三度唱えた。

と――

ふいに、床に置かれたその髪が動いた。

まるで、しゃくとりむしのように、人ならば腰のあたりと思われる場所を持ちあげてゆく。次に身を伸ばし、また身を縮め、床を這《は》った。その髪が、ゆこうとしているのは、明らかに小竹の方であった。その髪は、小竹のところまで這いより、その身体を這いのぼって、首を伝い、そして、ついに小竹の頭にたどりついて、髪の中に潜《もぐ》り込んでいった。

「小竹殿、嘘をおつきになっていらっしゃいますね」

晴明は、優しく小竹に声をかけた。

「まだ、わたしたちに言ってないことがあるでしょう？」

小竹は、痛がりながらも、顔を大きく上下に振ってうなずいた。

「ああ、すみません。おかあさまを殺したのはこのわたくしです」

呻《うめ》きながら、小竹は信じられないことを口にした。

「あの日、山に入ったおかあさまの後を追って山に入り、充分奥に行ったところで声をかけました。振り向いたおかあさまの目を、わたしのこの指で突いたのです」

「なんと⁉」

声をあげたのは、青盛であった。

「どうしてだね。どうしておまえはそんなことをしたのだね」

「辛《つら》くてあなたにはとても申しあげられませんでしたが、いつもおかあさまが、何故子《なにゆえ》ができぬのじゃと、わたしをなじっていたのは御存じでしょう」

「ああ、知っているよ」

「あなたが家を留守にすると、おかあさまは、そのことで、もっと激しくわたくしをなじるのでございます。この腹がいけないのかと、強くおなかを打たれたり、蹴られたり。ついに、耐えられなくなって、五年前、いっそおかあさまがいなくなればと思い、亡きものにしてやろうと鉞を持って跡をつけて山に入ったのです。しかし、どうしても殺すことができずに、目を――」

「どうして目を？」

「直接は殺すことはできなくても、目を潰《つぶ》せば、とても歩いては家にもどれず、山の奥に迷い込んで、勝手に死ぬのではないかと思うたのです……」

「なんということを！」

　青盛が言う。

「おゆるし下さい、あなた。これは、おかあさまが、竹を取りのぞいてくれと告げているのではなく、わたしを呪《のろ》うているのです。わたしが悪うございました。晴明さま、どうかどうか、わたしをこの痛みと苦しみから助けてやって下さいまし」

　小竹は、苦しそうに呻きながら、途切れ途切れにそう言ったのであった。

「あなたが目を突いた時、母上が苦しまぎれにあなたの髪を摑《つか》んだ。それが何本か手にからみついて残っていたのですね。おそらく、鉈があの場に落ちていなかったのは、山をさまようているうちに、落としてしまったからでしょう。指に残ったあなたの髪が、呪の道具となって、あなたを呪うたのでしょう。今年、たまたま、されこうべの目の穴から筍が生えたことで、母上の呪がようやく発動したのでしょう……」

晴明は言った。

六

家の裏に埋めた母の屍体を掘りおこし、その右手にからんでいた髪の毛を全て取りのぞいてやると、その翌日から、小竹の目の痛みはなくなり、十日もする頃にはなおってしまった。

四ヵ月後に、晴明と博雅が様子を見にゆくと、件《くだん》の場所に、もう、ふたりは住んでいなかった。

荒れた家に、伸びた蔦《つた》や蔓《かずら》がからんで、そこに風が吹き、秋の虫が淋《さび》しく鳴くだけであった。

さしむかいの女《おんな》

一

夏は、終りかけている。

しかし、蟬《せみ》の声はいっこうに減らず、むしろ夏の盛りの頃より、いっそうかまびすしいくらいである。

日中の暑さにしても、地が煮えたつようであり、この夏はいったいいつ終るのかと思えるほどであった。

けれど、夜ともなれば、思いがけずに涼しい風が吹き、くさむらで鳴く虫の音《こえ》も、いつの間にか秋の虫のそれにかわっている。

夜――

半月が空にかかっている。

晴明《せいめい》と博雅《ひろまさ》は、簀子《すのこ》の上に座して、ほろほろと酒を飲んでいる。

杯が空《から》になると、そこへ酒を注《つ》いでいるのは、唐衣《からごろも》を着た蜜虫《みつむし》である。

灯火を燈台《とうだい》にひとつだけ点《とも》しているのだが、その灯《あか》りに舞い寄ってくる虫の数も、めっきり少なくなっている。

晴明は、片膝を立て、右手に酒の入った杯を持ち、草の中で鳴く虫の姿を見定めようとするように、闇の中に眼を向けている。

「おう……」

と、博雅が声をあげたのは、その闇の中に、ふわりと、青い光が動いたからだ。

蛍である。

その青い光は、ふわりふわりと動きながら、数度、明滅し、闇の中に消えた。

何かの草の陰に隠れたのであろうか。

「まだ、生き残っていたのだなあ……」

博雅が、溜め息と共に言って、持っていた杯の酒を乾《ほ》した。

それを簀子の上に置くと、そこへ蜜虫が酒を注《そそ》ぐ。

「人の想いもまた、あのようなものであるのかなあ——」

博雅が言うと、

「ほう……」

晴明が庭から博雅へ視線を移した。

「何のことだ？」

「いやいや、たとえばだ、晴明よ。たとえば若い頃に恋をして、愛《いと》しいお方ができたとしよう。その頃は、毎日毎日、寝ても覚めてもその方のことを思い、切なく苦しい日々をすごしていたとしよう」

「うむ」

「しかし、二十年、三十年時がすぐるうちに、互いに歳を重ね、時にはその愛しいお方が亡くなるということもあったとしよう。一日とて思わなかった日はなかったというのに、知らぬうちに、その方のことを思わぬ日が、一日、二日と増えてゆき、気がついたら、もう、その方のことも忘れかけている……」

「うむ」

「しかし、忘れていたと思うていたのに、ある時、たとえばこんな晩に、ふっと、その方のことをなつかしく思い出したりする。ああ、そういえば、激しくその方のことを想うていたこともあったなあ、と。ちょうど、あの蛍のようにだ……」

「そのようなお方がいたのか、博雅よ」

　晴明が言った。

　その口元に、笑みが浮いている。

「い、いや。おれのことではない。たとえばと、始めに言うたではないか。おまえがそんなことを言うのではないかと思うたからこそ、たとえばとおれは念を押したのだ――」

「まあ、そういうことにしておこうよ、博雅――」

晴明が言った。

博雅は簀子の上の杯を手に取り、注いだばかりの酒を乾して、

「おれをからかうな、晴明――」

そう言った。

「いや、からかったりはしていない」

「いや、おまえのその眼が、おれをからかっているのだ」

「からかっているのではない。そういうおまえが愛しうて、こういう眼になってしまうのだ。博雅よ――」

「なんだって？」

「かようなことを二度言わせるものではない」

晴明は、博雅から視線をそらして庭へ眼をやった。

つられて、博雅もまた庭へ眼をやった。

と――

闇の中にまた、光が現われていた。

今度はふたつ。

庭の楓《かえで》のあるあたりの奥の暗がりに、青緑色に光るものがきれいに横にふたつ並んでいて、そのふたつの光が同時に明滅している。

蛍の光にしては妙である。

場合によっては、何匹もの蛍が、同時に光を放ち、そろって明滅するということもあるのだが、ふたつの光の距離が同じなのだ。

飛びながら光る二匹の蛍は、互いの位置が空中で変化するはずなのだが、それが変わらない。

「あれは何だ、晴明？」

「あの方が、久しぶりにお見えになったということだな」

「あの方？」

博雅が言い終えぬうちに、そのふたつの光が月光の中に出てきた。しかし、半月の明りだけでは充分ではない。

灯火の灯りが届くところまで近づくにしたがって、だんだんとその姿が見えてきた。

それは、一頭の黒い獣《けもの》であった。

巨大な猫。

もしも、博雅が虎を見たことがあれば、黒い虎とそれを見たかもしれない。

しかし、それは、虎ではない。

猫又《ねこまた》である。

後ろに立てた尾の先が、ふたつに分かれていて、そのふたつの先で、青白い炎がめろめろと燃えている。

その猫又の背へ、半跏坐《はんかざ》のかたちで座している人物がいた。

顔は細く、眼元が涼しい。

このあたり、晴明に似ていなくもないが、その顔に、不思議な愛敬《あいきょう》がある。

「これはこれは、保憲《やすのり》さま――」

賀茂《かもの》保憲――晴明の師である賀茂忠行《ただゆき》の子で、晴明にとっては兄弟子にあたる人物であった。

「酒の匂いがしたのでな」

保憲は、道満《どうまん》が言うようなことを口にして、猫又の背から草の上に降りた。

保憲が降りて、猫又の頭を撫でると、猫又はすうっと小さくなって普通の猫ほどの大きさになり、草の中に腰を落としてそこに丸くなった。

この猫又、保憲が使っている式神《しきがみ》で、名を沙門《シャモン》という。

「博雅さまもおいででございましたか」

保憲が言う。

「晴明から、よい酒が入ったからと誘われて、足を運ばせてもらいました」

「それはそれは——」

にこやかに笑って、保憲は晴明を見やり、

「おれにも一杯もらおうか——」

階《きざはし》から、簀子の上にあがってきた。

向かいあっている、晴明と博雅の間《あいだ》へ、庭を正面にするかたちで保憲が座した。

すでに、蜜虫が、杯をもうひとつ用意しており、それが保憲の膝先に置かれてあった。

蜜虫が杯へ酒を注ぐと、保憲はそれを手に取り、喉も鳴らさずにすうっと腹の中に流し落とした。

「確かにうまい酒じゃ」

保憲が、右の人差し指で、唇の端に付いた酒をぬぐうと、

「御用件をうかがいましょう」

晴明は言った。

この時には、もう、蜜虫が空になった杯に酒を満たしている。

保憲が、その杯へ手を伸ばそうとすると、その手を遮《さえぎ》るように、

「それは、お話をうかがった後ということで——」

晴明の手が杯を隠した。

「では、そうしよう」

保憲はうなずき、晴明の方へ小さく身をのり出して、

「実はな、三日前より、橘 忠治《たちばなのただはる》殿の意識がもどらぬのだ」

声を潜《ひそ》めてそう言った。

二

こういう話であった。

三条大路《おおじ》の、朱雀《すざく》大路から少し東に行った、神泉苑《しんせんえん》に近いところに、橘忠治の屋敷はあった。

妻は、やんごとない筋の女《むすめ》で、名を音子《おとこ》といった。

忠治にとっては、さしむかう女であり、正妻として同じ屋敷内に共に住んでいた。

五年前、歌や文を交すようになり、忠治が通うようになって、三日夜《みかよ》の餅《もち》の儀もすませ、音子が忠治の屋敷に入ったのである。

忠治も音子も、これといった病気もせず、五年が過ぎた。その六年目のつい三日前の朝、いつもは早く起きてくる忠治が起きてこなかったというのである。

たまにはそういうこともあろうかと家の者たちは考え、やがて起きてくるであろうと、そのままにしておいた。

しかし、陽が高く昇っても、まだ忠治は起きてこなかった。

さすがにおかしいと思い、家の者が忠治の寝所まで様子を見に行った。

忠治は、夜着《よぎ》を身体の上に乗せて、まだ眠っている様子である。

「もし、そろそろお起きなされませ」

声をかけたが、眼を覚まさない。

それで、さらに近づき、

「もし、お起きくだされませ、旦那さま」

身体に手を触れて小さく揺すってみたのだが、まだ起きない。

「お起きくだされませ」

さらに強く揺すったのだが、それでも忠治は起きてこなかった。

さすがに、これは様子がおかしいと気づき、他の者を呼び、音子もやってきて、皆で忠治を起こそうとしたのだが、起きない。

水をかけたり、水を口に含ませたり、様々のことを試したのだが、忠治は起きてこなかった。

寝息は、いつもの通りで、鼾《いびき》もかいていない。

鼾をかいていれば、これは卒中の可能性もあるところだが、鼾はかいていないので、卒中の可能性は極めて低い。

どうしたものかと思案しているうちに、三日が過ぎてしまった。

三

「それで、まあ、忠治の身内の者が、どうにかしてくれと、おれのところへ泣きついてきたというわけなのだ」

保憲は言った。

三日の間、忠治は飲まず食わず、ただ寝ているだけとはいえ、身体は痩せて、頰肉は落ち、このままもう三日も過ぎたら死んでしまうであろう。

これは、もう、他の人間の助けを借りるしかないと、家の者は考えたのである。

「それで?」

晴明が問う。

「晴明よ、とぼけるなよ。おれがここへやってきたということで、わかるであろう」

「わかりませぬ」

「だから、おれの代りに、橘忠治のところへ行って、なんとかこの件をかたづけてはくれぬかと言うているのさ」

「そういうことであろうとは、思うておりました」

「ならば、わざわざおれに言わせぬでもよかったではないか——」

「はい」

晴明がうなずいた。

「知っていると思うが、こういうことは、おれはにが手でな。これは安倍《あべの》晴明の出番であろうと考え、ここにやってきたのさ——」

「保憲さまは、この件について、どのようにお考えですか」

「多少は思うところがある」

「どのような」

「それは、言わぬ方がよかろう。おれから、これは何々であろうとおまえに語ってしまっては、それは、よい方向へゆくまいよ——」

「そうでしょうね」

「仮におれの考えていた通りのことであったとして、人をやってその人間によくよく言い含めて、あれこれやらせてもよいのだが、もしも見たてが間違っていたら、忠治の生命に関わるかもしれぬのでな。おまえが適任じゃ、晴明よ——」

「ずるい……」

晴明がつぶやいた。

「ずるい？」

「御自分でできることを、わたしにやらせて、酒だけ飲んでゆくおつもりでしょう」

「そうなるか」

「なります」

「すまん。頼む」

保憲が、頭を下げた。

下げ終って持ちあげた顔が笑っている。

晴明は苦笑して、

「では、明日は、博雅さまも御一緒に――」

そう言った。

保憲は、すでに晴明と博雅の仲は承知している。ことさら、晴明は、博雅に対して丁寧な言葉づかいをする必要はないのだが、わざとそういう言い方をしているらしい。

「おれも？」

「はい」

晴明がうなずいた。

「保憲さまが、かようなことをわたしに押しつける時は、だいたいが男女《なんによ》のことがあると考えてよろしいかと――」

「しかし、どうして、おれもなのだ」

「男女の機微《きび》のことは、わたしにはわかりませぬが、博雅さまなれば、そのあたりのことはわたしよりも通じておられます故《ゆえ》、わたしの気づかぬことも気づかれることがあろうかと——」

「さっきのことを言うているのか。おれをからかうのはよせ、晴明——」

博雅の言葉が聴こえぬように、

「まいりましょう」

晴明は言った。

「う、うむ」

「明日、ゆきまするぞ」

「おう、ゆこう」

そういうことになった時には、もう、保憲は杯を手に取って、うまそうに酒を口に含んでいた。

四

庭に、咲きはじめたばかりの曼珠沙華《まんじゅしゃげ》が、赤い花を風に揺らしている。

その花へ、大きな黒い揚羽《あげは》が、翅《はね》を小刻みに振りながらまとわりついているのが見える。

それを眺めながら、晴明と博雅は渡殿《わたどの》を通って、案内されるまま、橘忠治の寝所に入っていった。

几帳《きちょう》の向こうに、繧繝縁《うんげんべり》が敷いてあり、その上に、件《くだん》の忠治が仰向けになっていた。

その枕元に、妻である音子が座している。

短い挨拶を済ませ、

「だいたいのことはうかがっておりますが……」

晴明が声をかけて、音子からひと通りの話を聞いた。

ほとんど、保憲から耳にしたままであったが、ひとつあらたにわかったのは、その晩、音子が一緒にここで眠ったということである。

いつもは、屋敷の北殿にいて、忠治がそちらへ渡ってゆくのだが、その晩は朝まで音子は忠治とそこで眠っていたというのである。

先に起きて、眠っている忠治を残して北殿へもどり、身形《みなり》のことを整えて、朝餉《あさげ》となるはずであったのが、忠治がまだ起きてこないことに気づいたのだという。

「お顔と、お身体を拝見させていただいてよろしいでしょうか」

晴明が言うと、

「どうぞ」

と、音子がうなずいた。

顔は、やつれていた。

今朝までの四日、忠治が腹に入れたのは、口に含ませられたほんのわずかな水ばかりで、これはせいぜい口の中を湿らせたくらいのことだ。米にしろ、菜にしろ、そういった類《たぐい》のものは、いっさい口にしていない。

顔がやつれるのはしかたがない。

ただ、見たところは、眠っているようにしか見えない。

鼻の下や顎《あご》に、薄く髭《ひげ》が伸びかけている。

晴明は、忠治の額《ひたい》に手をあて、次には襟《えり》を開いて、胸の上に直接手をあてた。

「どうだ、何かわかったのか、晴明――」

博雅が問う。

「お目覚めにならないということをのぞけば、何もめしあがられていないので弱ってはいらっしゃいますが、どこにもお身体に変わったところは認められません」

「他には何か……」

「人がこのようなありさまになるということについては、思いあたることは、幾つもござります。むしろ、ありすぎて、そのうちのどれかということなのですが……」

「忠治殿、以前は立派なお髭を生《は》やされておいでで、たいへんに威厳もおありであったのが、このようなお姿になってみると――」

博雅がそこまで言った時、その言葉を遮るように、

「博雅さま、今、何と言われました?」

晴明が言った。

「いや、昔は、忠治殿、たいへんに威厳のあったお方であると……」

「その前でございます」

「前というと……」

「以前、髭を生やしておられたと――」

「ああ、そうじゃ。以前はたしかに、こう、立派な髭を……」

晴明は、博雅の言葉を最後まで聞かずに、音子に向きなおり、

「本当でしょうか」

そう問うた。

「はい、博雅さまのおっしゃった通りで……」

音子が答える。

「その髭を剃《そ》られたのはいつのことでございますか?」

「それは……」

音子はちょっと考えて、

「ちょうど四日前の晩、このことがある前夜というか、その晩のことというか……」

「御自分で?」

「わたくしが剃りました」

「それはまたどうしてでしょう」

「以前から、忠治さまのお髭が痛いと申しあげていたところ、四日前、ようやく御自分から剃るとおっしゃいまして――」

髭を剃る準備を整えて、自分はその晩、この寝所まで渡ってきたのであると、音子は言った。

音子が髭を剃り、秘め事を済ませて、朝まで眠ったというのである。

「もうひとつ、お訊《たず》ねしたいのですが、忠治さま、いつもお寝《や》すみになる時は、頭をどちらの方に向けていらっしゃいました？」

晴明が問うと、

「さあ、どちらだったでしょう」

音子が首を傾《かし》げる。

「今は、頭を西に向けていらっしゃいますが、いつもはこの逆の、東ということはございませんか――」

「さあ？」

と答えた音子の唇が、微かに震えている。

それを凝《じ》っと見つめていた晴明は、ふいに、

「墨と筆をお借りできますか？」

そう問うた。

「あ、はい……」

音子はうなずき、ここまで晴明と博雅を案内してきた者に、

「言われたものを、すぐにこれへ——」

そう言った。

すぐに、硯《すずり》と水と、墨と筆が用意された。

晴明が、墨を磨《す》りはじめた。

「おい、晴明、いったい何が始まろうとしているのだ」

「博雅さま、先ほどはお髭のことをお教えいただいてありがとうございました。実は、こうしている間に、もうひとつ、お願いしたいことがございます」

「何なのだ」

「忠治さまの頭と足を、逆の向きに——頭を東に向けていただきたいのです」

「それはかまわぬが……」

何か問いたそうな博雅であったが、こういう時の晴明のことは心得ていたので、

「わかった」

うなずいて、立ちあがり、忠治の両脇へ手を差し込んで、頭と足の位置を入れかえて、

頭が東へくるようにした。

その時には、もう、晴明は、手に墨を含んだ筆を握っている。

「博雅さま、忠治さまのお髭、どのように生えていたかを教えていただけますか？」

「確か、鼻の下の髭は、ほれ、このように……」

と、博雅は、指で自分の鼻の下をなぞる。

「顎の方は？」

「それは、このようだったのではないか」

博雅の言葉に従って、晴明は、忠治の鼻の下と顎に墨で髭を描き入れてゆく。

「そこは、もう少し長かったはずじゃ」

博雅の言うままに、描いた髭に修正を加えてゆく。

「うむ、そのようなところでよかろう」

博雅が言ったところで、

「それでは、このくらいで——」

晴明が筆を置いた。

「おい、晴明、それでどうするのだ」

博雅が訊《き》く。

「何も」

「何も?」

「待つだけでございます」

晴明は、静かに言って、視線を音子に向けた。

音子は、視線を晴明と合わせなかった。

眼を伏せているのだが、その身体は小刻みに震えていた。

顔の色が青い。

と——

寝所の宙に、舞うものがあった。

さっき、庭の曼珠沙華にたわむれていた黒い揚羽蝶であった。

それが、ひらひらと舞いながら近づいてきて、忠治の唇の上にとまった。

そう見えた時には、ふっ、とその蝶の姿が消えていた。

忠治の眼が開いた。

「お目覚めになられましたね」

晴明が言うと、忠治はゆっくりと上体を起こし、きょとんとした顔で、そこにいる者たちを見回して、

「いや、喉が渇いた。水をくれぬか——」

そう言った。

音子が、
わっ、
と声をあげて突っ伏し、泣きはじめた。

その時には、もう、晴明は立ちあがっていて、

「博雅よ、ゆこう」

そう言った。

「このあとの男女のことは、保憲さまではないが、我らの手に余ることぞ……」

「いや、しかし、晴明……」

言いながらも、博雅は立ちあがり、先に足を踏み出している晴明の背を追った。

五

夜——

晴明と博雅は、簀子の上で酒を飲んでいる。

すでに、大気の中に夏の気配は消えて、涼しい風が吹いている。

夏は、いつの間にかどこかへ行ってしまったらしい。

ひとつだけ点された灯火の中で、蜜虫が、空いた杯に酒を注いでいる。

「今日の昼のことだが、いったいどういうことであったのだ……」

博雅が、まだ不思議そうな顔で、晴明に問うた。

「離魂《りこん》さ」

「離魂？」

「忠治どのの魂が、お身体を離れていたのだ。その間に、音子どのが、忠治どのの魂が、身体にもどれぬよう、細工をしたのさ」

「細工？」

「眠っている忠治どのの髭を剃り、身体の向きを入れかえたのさ――」

「な……」

「昔から、眠っている方《かた》の顔に、髭を描いたり、身体の向きを入れかえたり、無理に起こしたりしてはならぬというではないか――」

「そ、それは？」

「寝ている者の魂は、時々、身体を抜け出して外をさまよったりするのでな。その時に、人相を変えたり、頭の位置を変えたりすると、魂がもどれなくなってしまうのだよ。寝ている者を無理に起こすなというのも、同じことさ」

「い、いや、しかし……」

「人の身体を離れた魂は、だいたい蝶の姿になる。あの時、もどってきた蝶は、離れていた忠治どのの魂であったということさ――」

「いや、そういうことを訊ねようとしているのではない。どうして、音子どのが、そのようなことを忠治どのに対してやったのかということを、おれは訊きたいのだ」

「それは、おれではなく、庭にいる方に訊ねてみればいい」

晴明が庭を見た。

博雅が、晴明の視線を追って、庭へ眼をやった。

月光の中に、ひとりの老人が立っていた。

黒いぼろぼろの水干《すいかん》の如きものを身にまとい、ぼうぼうと伸びた白髪が、頭の上に生えている。

黄色く光る眼が、晴明と博雅を見つめていた。

蘆屋《あしや》道満であった。

「道満どの……」

博雅が、声をあげた。

「橘忠治どののこと、道満さまが仕業《しわざ》でござりましょう」

晴明が言うと、

「いや、あの女に頼まれてなあ、酒一杯で引き受けたのだ……」

蓬《よもぎ》のように伸びた髪の中を、右手の指でごりごりと掻《か》いた。

ちょっとはにかんだような笑みを浮かべ、

「いや、あのあたりを歩いていたら、誰ぞが泣いているような気配があったのでな、これは酒にありつけるかと思い、お困りかな、と問うたところ、夫《つま》が他の女のもとへ、通うのをやめぬので、哀しいのだと言うではないか——」

その女が、音子であったのだという。

忠治が、通う女が、西京《にしのきょう》にあった。

音子が言うには、

「それを、わたしが悋気《りんき》して、やっとやめさせたところなのですが……」

しかし、それでも、忠治は、その女のもとへ通うのをやめていないらしいと音子は言うのである。

何げに、その女が、近ごろどうだとか、どのようなものを着ていたとか口にするので、調べたところ、まさしく忠治の口にした通りであったというのである。

まだ通っているのかと疑ってはみたものの、その様子はない。

「で、このおれが調べてみたら、忠治め、離魂して、毎夜、女のもとへ通っていたのだなあ——」

道満は、にいっと笑った。

「で、頼まれるまま、忠治が自分の身体に帰れぬようになる法を、女に教えたのだが、どこぞの陰陽師《おんみようじ》か坊主でも出てくればそれまでじゃ。忠治の屋敷にいる者で、保憲と近しい者がいるので、てっきり保憲が来るものと思うていたのだが、それが、晴明よ、おまえだったということだな。保憲であったら、旨《うま》い酒でもたかってやろうと思うたのだが、奴め、何か気づくことでもあったのか、晴明よ、ぬしに話をもってゆき、自分はうまく逃げてしもうた。おかげで、酒をたかりそこねた。おまえのせいぞ、晴明。それで、今夜は、ぬしに酒を馳走《ちそう》になろうと思うてな――」

それで、足を運んできたのだという。

「困ったお方じゃ」

晴明が苦笑した。

「何とでもぬかせ。どうせ、生きるというのは、死ぬまでにどうおもしろう遊ぶかじゃ。一杯もらうぞ――」

道満はにいっと笑い、簀子の上にあがってきた。

三人で、酒盛りとなった。

すでに、庭には秋の風が吹いていた。

狗《いぬ》

一

信濃国《しなののくに》は小県郡《ちいさがたのこおり》に、大伴連忍勝《おおとものむらじおしかつ》という者が住んでいた。

この忍勝の屋敷に、歳《とし》のころなら十二、三歳の女の童《めわらわ》が仕《つか》えていた。

この女の童、もともとは、忍勝の親類筋の家の娘であったのだが、流行り病《はややまい》で、あいついで両親が死んでしまったことから、忍勝がひきとって、屋敷で使うようになったのである。

名を多弥子《たみこ》といった。

多弥子が忍勝の屋敷にやってきたのは、ちょうど半年ほど前、桜の頃であった。

この時、奇妙なことが起こった。

忍勝の隣りの家に、一頭の白い狗《いぬ》が飼われていた。

おとなしい狗で、誰にでもなついてしまう。見知らぬ者が家を訪ねてきても、吼《ほ》えかかったりせず、尾を振って身をすりよせてゆく。

この狗が、多弥子を見るなり、いきなり吼えて襲いかかろうとしたのである。

狂ったように吼え、牙をむき、唸《うな》り、凄い形相《ぎょうそう》で多弥子を睨《にら》んだ。

多弥子は怯《おび》えて、動けない。

忍勝が、多弥子を庇《かば》って、狗を叱《しか》りつけているところへ、隣りの家の主人がやってきて狗を押さえたので、なんとか多弥子が嚙《か》まれたり襲われたりということにはならずにすんだのだが、それにしても、これまで誰かに吼えかかったり、襲おうとしかけたりすることのなかった狗に、いったい何があったのか。

以来、多弥子を見るたびに、この白い狗が吼えつき、襲いかかろうとするということが、よくおこった。

多弥子は多弥子で、杖を持ち歩くようになり、襲いかかろうとする狗をこの杖で向こうへ追いやったり、時によっては、自分の方から狗を杖で叩くということも、よくあるようになった。

狗が、夜に隣りの屋敷の様子を凝《じ》っとうかがっているという噂も出た。

実際に、その光景を忍勝も見たことがある。

その時、忍勝はぞっとした。

どうして、このようなことをするのか。人間どうしでも、相性というものがある。どうにも好きになれない相手というものが、誰にでもある。それは、人と狗でも同じであろう。

しかし、狗のその姿や行動を見ていると、それだけではすまされないものがあるようである。

何かの恨《うら》みでもあるのか。

あるとするなら、それはいったいどれほどのものなのか。

もちろん、忍勝は、このことで多弥子に訊《たず》ねたことがある。

「多弥子や、いったいどういう理由《わけ》があって、あの狗はおまえに吼えかかってくるのだね」

「それが、わたしにもわからないのです」

多弥子は答えた。

「ただ、近くへゆくと、あの狗のことが怖ろしくて怖ろしくて、逃げ出したくなるのです——」

それが、吼えかけられたことによるものなのか、吼えかけられる前からそうであったのかは多弥子もよくわからない。

狗も、敏感で、自分のことを怖がっているものに対して吼えかかるというのは、ないことではない。

しかし、多弥子は、吼えかかられるまでは狗のことに気がつかなかったのであり、その意味では、怯えているものに狗が吼えかかったということではない。だいいち、これまで多弥子は、その白狗に会ったことがないので、初めて狗を見た時には怖いもなにもなかったのだ。

とにかく、多弥子が外へ出る時には、誰かがついてゆくようにして、なるべく狗と多弥子が、ふたりきりで出会わぬようにしていたのである。

二

夏——

梅雨《つゆ》が明けた頃。

蘆屋道満《あしやどうまん》という陰陽法師《おんみようほうし》が、この小県郡にやってきた。

郡のはずれの破《や》れ寺に勝手に居ついて、酒とわずかな喰い物を持ってゆけば、様々のことを占ってくれるという。

この占いがよくあたると評判であった。

それで、忍勝は、隣りの家にも多弥子にも内緒で、酒の入った瓶《へい》をぶら下げて独りで道満に会いに出かけたのである。

忍勝の言うことを凝《じ》っと聞いていた道満、

「話だけではわからぬな」

伸び放題の髪の中へ手を差し込み、頭をぼりぼりと掻《か》きながら、思案げな顔でそう言った。

「その女の童と狗をここへ連れてくることはできぬのか？」

黄色く光る眸《め》で、忍勝を見た。

「いや、多弥子と狗を一緒に連れてくることなど、とてもできませぬ。ここへ来るまでの間に、多弥子が嚙み殺されてしまいます」

「では、その多弥子とやらだけでもどうじゃ――」

「それが、今日も、多弥子には内緒でここまで足を運んできたのです。あのこにこのことを言えば、ますます狗とのことを気にすることになりましょう。できることなら、あのこが何も知らぬまま、ことをなんとかおさめたいのです」

「ふうむ」

と、首を傾けた道満、

「なれば、その女の童の髪の毛を一本と、その狗の毛をひとつまみ、明日のこの時間にここまで持ってきてもらえるかな」

このように言った。

「久しぶりにうまい酒を口にさせてもろうたのでな。それで、なんとか占うてみようではないか――」

忍勝、さっそく多弥子の髪を一本手に入れた。

多弥子の使った櫛《くし》に残っていた、髪の毛である。

そして、用事を作って隣りの家に出かけ、帰る時に狗の頭を撫《な》でてやった時に、狗の背へ手を伸ばし、そこの毛をひとつまみ毟《むし》り取った。

多弥子の髪と狗の毛――それをそれぞれ別々の紙に包んで懐《ふところ》に入れ、翌日、あらためて道満法師のところへ足を運んだのである。

道満、どこで見つけたのか、銅《かね》の鉢《はち》をひとつ用意して、忍勝を待っていた。

受け取った多弥子の髪と、狗の体毛ひとつまみを鉢に入れ、道満は、何やら呪文の如きものを唱えた。

唱え終えて、道満は右手を鉢の中へ入れ、人差し指で、多弥子の毛と狗の体毛にそれぞれ触れた。

と――

「あっ」

と、忍勝が声をあげた。

鉢の中の多弥子の髪と、狗の毛が動き出したからである。

多弥子の髪が、鉢の真ん中で蛇のように鎌首を持ちあげていた。

狗の毛は、十本近くあったのだが、その毛がそれぞれに、蟻《あり》のように動いて、鎌首を持ちあげた多弥子の髪に襲いかかったのである。

ぞっとして、忍勝の首筋の毛が立ちあがった。

もつれあい、からみあいながら、狗の体毛と多弥子の髪が、闘いはじめた。

そのうちに、鉢の中に煙があがり、やがて、
ぼっ、
と青い炎をあげたかと思うと、多弥子の髪も狗の体毛も、めろめろと燃えてなくなってしまった。

「これは、いったいどういうことでござりましょう」

「その女の童と狗に会うてみぬことにはわからぬが、言えることはただひとつじゃな」

「何でござりましょう」

「その女の童と狗、一緒にいてはならぬということじゃ。狗が、他の家のものでどうにもならぬのなら、その女の童を、一刻も早く、おまえさんの屋敷から別のところへ移すことじゃ」

道満は言った。

「別のところへ、でござりますか」

忍勝は、どこか心にかかるものがあるように、小さく眉をよせた。

「そうするもせぬも、おまえさんが決めることじゃ。おれも、もうじきにこの土地を出るでな。あまりかまってはおられぬのだが、酒の分のことはしてやったぞ……」

そして、道満は、そのまま翌日に、その破れ寺から別の土地へ移っていってしまった。

三

しかし——

忍勝は、多弥子を他所《よそ》へやらなかった。

このころには、忍勝、すっかり多弥子のことが可愛くなってしまっていたのである。

さらに、多弥子はよく気がつく子で、誰かがやり残した仕事でも、当人が知らぬうちにその仕事をかたづけてしまう。他の者が掃除をした後、塵《ちり》が落ちているのを見つけると、誰にも言わずにそれを拾って始末をする。このように、何かと心配りのある仕事をするので、いれば、忍勝もたいへんありがたかったのである。

「あの陰陽法師はあのように言ったが、なに、こちらが上手に多弥子をあの狗と出会わぬようにすればよいであろう」

最初は、道満の言葉に怯え、気味悪がっていた忍勝であったが、一日が過ぎ、三日が過ぎ、十日もたつうちには、そう考えるようになってしまったのである。

四

そして、秋——

やってきて、半年ほども過ぎたかと思える頃、多弥子は病気となってしまったのである。

熱がある。

顔は、赤く、咳《せき》が出る。身体がだるくて、思うように動くことができない。

一日、二日、寝ていればなおるかと思ったのが、三日たっても四日たってもよくならない。

五日目には、とうとう、誰かが支えなければ立てぬようになってしまった。

多弥子の病のことを知ってか、隣りの狗が、門のあたりから、しきりと中の様子をうかがうようになった。

多弥子は、忍勝を枕元に呼んだ。

「旦那さま。これは、一日、二日で治るようなものではありません。このまま、わたくしが動けなくなれば、きっとあの狗がわたくしを食い殺してしまうことでしょう。いつも、どなたかがわたくしに付いていてくださいますが、お忙しいなか、人手をわたくしのために割《さ》いてしまってはもったいなく存じます。つきましては、わたくしを、病療養のためということで、しばらくどこかへやっていただけますか――」

「おう、いいとも、いいとも――」

「あの狗に、絶対居所を知られぬようお願いいたします」

「もちろんじゃ」

その晩のうちに、多弥子は別の場所に移ることとなった。

「狗は、鼻がきくというからな。歩いていっては、臭いが地面に残ってそのあとをたどられるといけない。車に乗ってゆこう」

忍勝は、そう言って、牛車《ぎっしゃ》を用意させ、それに多弥子を乗せることにした。

移った先は、三里ほど先の、山懐《やまふところ》にある、忍勝の知人の住む家である。

家の裏手に、離れがあって、そこが今空《あ》いているから、病の癒《い》えるまでそこですごせばいいと知人が言ってくれたのである。

それで、多弥子は、忍勝の知人の家の離れで、しばらく暮らすことになったのである。

五

狗は、すぐに、多弥子がいなくなったことに気づいたようであった。

臭いを嗅《か》ぐように、鼻面《はなづら》を大気の中に差し込んだり、地面の臭いを嗅いだり、忍勝の家の周囲をうろうろしたりしていたのだが、五日目の朝、隣りの家から、

「狗がいなくなった」

という知らせが届いたのである。

「どこを捜しても見つかりません」

という。

忍勝が胸騒ぎしたのは、昨日、家の者からこんな報告を受けていたからだ。

「隣りの白い狗が、うちの門から入ってきて、あちこち嗅ぎまわっておりました。とくに、繋《つな》いでいた牛の足の臭いを嗅いでいましたが……」

以来、そのことがずっと気になっていたのである。

狗がいなくなった。考えられることは、そう多くはない。

多弥子の後を追ったのではないか。

狗は、多弥子がいなくなったことは、すぐにわかったに違いない。しかし、地面に臭いが残っていない。それで、何か乗りものに乗って出ていったと考えたのではないか。

乗りものなら牛車である。

それで、牛の臭いを――

だが、そこまでのことを狗が考えることができるのであろうか。雨が降っていなかったとはいえ、何日も前の牛の臭いを、いくら鼻がきくとはいえ、たどることができるのだろうか。

できるかもしれない。

いや、できるだろう。

あの狗は普通ではない。

忍勝は、ただちに、多弥子を預けている知人の家までゆくことにした。

六

道の半分ほども行ったところで、向こうから青い顔をして、早足で歩いてくるその知人と出会った。

「おう、よいところへきた。これからおまえのところへゆくところであった」

忍勝が言うと、知人も、

「ちょうどよかった。実はおれもおまえのところへゆくところであったのだ」

と言う。

その声が、震えている。

「どうしたのだ」

と、忍勝が問えば、

「昨夜、おそろしいことがおこった」

と、知人は、そのおそろしいことを思い出したように、ぶるりと身体を震わせた。

話を聞いてみれば、昨夜、眠っていると、何やら物音が聴こえてきて、眼が覚めたのだという。

だれかが、争っているような音だ。

離れの方からだ。

物が倒れ、何かが壁にぶつかり、肉が肉を打つような音がする。

離れの中で、何者かが争っているらしい。

獣《けもの》の唸り声も聴こえ、さらに物音も獣の唸り声も凄まじくなった。

そのうちに、人の声まで聴こえてきた。

「おまえ、百二十四年前に、丹波《たんば》で、おれと、おれの妻と子を殺したろう」

「きさま、あの時の男か」

いずれも男の声であったという。

唸り声と、争う音は、いよいよ大きくなり、やがて、やんだ。

離れが静かになった。

しかし、おそろしくて様子を見にゆけない。

「多弥子や、多弥子や、どうしたのかね」

朝になって、外から声をかけたが返事がない。

だが、怖くて、離れの中を覗《のぞ》くことができない。

「それで、ともかくおまえに知らせなくてはと、こうしてやってきたのだ」

「ともかく、おまえの家までゆこう」

　忍勝は言った。

　知人の家までゆき、離れの前に忍勝は立った。

「多弥子や、わしじゃ。忍勝だよ。昨夜、狗がいなくなったというので、おまえのことが心配になって、こうしてやってきたのだ」

　声をかけてから、おそるおそる忍勝が離れの中に入ってゆくと、そこで、あの白い狗と多弥子が死んでいた。

　互いに四つん這いになって、歯で相手の身体中を嚙みあって、ついに双方ともこときれた、という様子であった。

　多弥子と白い狗との間に、前世でどのような因縁《いんねん》があったのかはわからないが、あの、蘆屋道満という陰陽法師の言う通りにしておけばよかったとは、後になって、忍勝が何かのおりに、しみじみと口にする言葉であった。

土狼
<ruby>どろう</ruby>

一

最初に足を喰われたのは、藤原法之《ふじわらののりゆき》の下人《げにん》で、わびすけという男であった。

晩秋の頃、わびすけは、主《あるじ》法之の使いで、六条にある法之の通う女のもとまで出かけた。たいした用事ではない。法之がその晩通うつもりであったのだが、急に腹痛を起こしたため、ゆけなくなったという文を持って、女の元までそれをとどけにいった、その帰り道でのことであった。

秋も終りの頃——

月夜であり、灯《あか》りはなくとも充分に歩くことができた。

月明りをたよりに、わびすけは西洞院大路《にしのとういんおおじ》を北へ上《のぼ》ってゆく。

五条大路を過ぎ、四条大路との辻を渡っている時、左足の裏に鋭い痛みを覚えた。尖《とが》った小石を踏んでしまったのである。

「痛《つう》っ」

と、しばし、そこで痛みをこらえるはめになってしまったのはいたしかたない。

通常、石くらい踏んでも、痛みを覚えるほどやわな足をしているわけではないのだが、その小石、もっと大きな石が割れてできたものであり、その割れた箇所が尖って、ちょうど上を向いていたのである。

わずかな時間であったが、わびすけ、痛みが去るまでしばしそこに立ち止まっていたのだが、ほどなく痛みが去ったので、また歩き出し、四条大路を越えた。

三条大路にさしかかる前、わびすけが再び足を止めたのは、石を踏んだ痛みがぶりかえしたからではなかった。

獣《けもの》の哭《な》くような声を耳にしたからである。

おおおおおおおお……

うおうおうおうお……

何か。

犬の声のようでもあり、牛の声のようでもあり、しかしそのいずれでもないような声——かといって、ではどういう獣の声かというと、見当もつかない。

不気味な声であった。

地の底から響《ひび》いてくるような、何かが呻《うめ》いているような……

と、その時——

わびすけは、ころん、とそこに仰向《あおむ》けに倒れていた。

何かが、暗闇の中で、どんと自分の左足にぶつかってきたのだと思った。

犬か⁉

そう思った。

さっきの獣のような声は、やはり犬のもので、その犬が、暗闇の中を駆けてきて、自分の左足に、勢いよくぶつかってきたのだ。それで、よろけて自分は倒れてしまったのであろうと考えた。

それにしても、よほど勢いよくぶつかってきたのであろう。左足がしびれて、感覚がない。

わびすけは、倒れたまま左足に手を伸ばした。

無い。

そこにあるはずの足には手が触れず、かわりに、生温かいもので手が濡《ぬ》れた。

その手を顔に近づけて、よくよく見れば、何やら黒っぽいもので濡れている。それが、血であるとわかるまでに、ふた呼吸はかかった。

左足が、失《な》くなっていたのである。

膝下七寸から足首の先まで——

激痛が、おくれて襲いかかってきた。

そこで初めて、わびすけは、大きな声をあげていたのである。

二

ふたり目は、それから五日後であった。

やはり夜で、満月から二日たった月が、空にかかっていた。

足を喰われたのは、丹波《たんば》の黒牛《くろうし》と呼ばれる盗人《ぬすびと》である。

どこでどう調べたのか、丹波の黒牛は、藤原経之《つねゆき》が、三晩に一度は、西京《にしのきょう》に住む女のところへ通うのを知っていて、その車を襲ったのである。

抜き身の太刀《たち》を握って、

「おい」

と、車の前に出た。

月光に、黒牛の持った太刀が青く光るのを見て、牛飼童《うしかいわらわ》は、

「あわわっ」

と、声をあげて、走って逃げ出した。

もうひとり、車には従者がつきそっていたのだが、この従者は、感心にも経之を守ろうとして、太刀を抜いて黒牛に斬りかかってきた。

その太刀を、きゃりんと受けて横へ流しておいて、

「ちゃあ」

と、黒牛が、その従者にひと太刀あびせかけた。

従者の左肩が、さっくり割れて、そこから血がふき出し、黒牛の右の太股《ふともも》から足にかかった。

それで、従者は動けなくなった。

黒牛は、車に乗っていた経之を引き摺《ず》り落とし、着ているものを剝《は》ぎとり、従者の太刀を奪《うば》って逃げ出した。

三条大路を東に向かって走り、西洞院大路へ出て右へ曲がり、じきに四条大路へ出るかという時、黒牛はそこで足を止めたのである。

わびすけと同様に、獣の咆《ほ》えるような、哭くような声を耳にしたからである。しかし、その声が、どういう獣のものであるのかわからないというのも、わびすけの時と同じであった。

そして、いきなり、前につんのめるようにして、黒牛は地面に転がっていたのである。前に踏み出していた右足が、ふいに失くなって、倒れたのである。

何が、かような声をあげているのかと、周囲に眼をくばっていた時だ。

倒れる時には、

「あがが っ」

もう声をあげていた。

それでも、起きあがって、近くの祠《ほこら》の中に隠れ、なんとか血止《ちど》めをしたりしたのだが、翌朝には、血が流れすぎて、もう動くこともできなくなっていた。

藤原経之からの知らせを受けて、役人が朝から付近を捜索して、祠の中にいた黒牛を見つけた。

黒牛、そこで、やってきた役人に、何があったのかを話して、その場所で息を引きとった。

わびすけの左足も、黒牛の右足も、その断面を見ると、獣の歯形のようなものがあった。しかも、失くなった足が、いずれもどこにも落ちていなかったことから、何かの獣に喰われたのであろうということになったのであった。

三

「まあ、それが、二日前ということだな」

晴明《せいめい》は、博雅《ひろまさ》に向かってそう言った。

晴明の言う〝それ〟というのは、丹波の黒牛が死んだ時ということである。

「いやいや、なんともおそろしげな話だな」

博雅は、酒の入った杯を宙で止めたまま、そうつぶやいた。

「確かに——」

晴明がうなずく。

昼間から、晴明は博雅と酒を飲んでいる。

晴明の屋敷の簀子《すのこ》の上である。

昼の陽差しの中で、菊の香《か》が匂っている。

あちこちに生えた秋草の間で鳴く虫は、もういない。

「しかし、晴明よ、どうしてまた、そのような話をこのおれにしたのだ」

「ちょっと、思うところがあってな」

「思うところ？」

「あるところから頼まれて、やらねばならぬ仕事がひとつあるのだが、それが、今のふたつのできごとと、少なからぬ関係がありそうな気がしているのだよ」

「なんだ、それは？」

「博雅よ、おまえ、平広盛《たいらのひろもり》殿の話は耳にしているか？」

「平広盛殿と言えば、半年ほど前であったか、夜、おやすみになっていたところ、家に入ってきた盗人に気がつき、これを斬り捨て、家人《けにん》も起こさず、再び寝床にもどって、また眠ってしまった——翌朝、家の者たちが盗人の死体を見つけておおいに驚いたという、あの平広盛殿のことであろう」

「その通りだ――」

「その平広盛殿が、どうかしたのか――」

「まあ、聞けよ、博雅。こういうことさ」

そう言って、晴明は、次のような話を始めたのであった。

四

広盛、斬り殺した盗人を、家の庭に埋めさせた。

家の者は、当然いやがったのだが、

「気にするほどのことではない。どこかへうち捨てるにしても、そこまで運んでゆかねばならず、捨てられた方も迷惑であろう。庭に松が生えているので、その根元へ埋めれば、松の枝ぶりもよくなるであろう」

広盛、ものに頓着《とんちゃく》せぬ性格で、このように言った。

しかし、家人は不安である。

薄気味悪い。

「何かの拍子に、化けて出たり、祟《たた》ったりはいたしませぬか――」

「心配はいらぬ。化けて出てくるにしても、おれのところであろうし、祟るにしても相手はこのおれじゃ。化けてきたらもう一度斬って捨ててくれよう」

主の広盛がそう言うのではしかたがない。

盗人の死体は、こうして、松の木の根元に埋められたのであった。

それから、しばらくは何ごともなく過ぎたのであったが、三月《みつき》ほど過ぎたあたりから、広盛が怒りっぽくなった。

ささいなことでも腹をたて、使用人たちを殴るようなこともあった。

同時に、夜になると、どこからか、獣の哭くような声が聴こえてくるようになった。

おおおおおお…………

うおうおうおお…………

声は聴こえてくるのだが、その姿が見えない。

空からかと思えば、地の底から聴こえてくるようであり、西の方かと思って西の方へゆくと、東から聴こえてくる。

屋敷の床下の方から聴こえてくるような気もすることがあった。

何事かを訴えているような、怒っているような、恨《うら》みごとを声に出して吼えているような、はたまた泣いているような、その全部でもあるような声であった。

「あの盗人が、地の底から祟っているのではないか――」

そう言う者もいた。

みなが薄気味悪がっていると、その事件が起こったのである。

侍女のひとりが、朝餉《あさげ》の仕度をしている最中、白湯《さゆ》を、あやまって広盛の身体にかけてしまったのである。

これを怒って、広盛は、この女を斬り殺してしまい、

「あの松の根元に埋めておけ」

あの盗人を埋めた松の下に穴を掘り、埋めさせてしまった。

女の実家には、

「流行《はや》り病《やまい》にて亡くなった」

と、報告するだけですませてしまったのである。

女を松の下に埋めてから、あの獣の声はしばらく聴こえなくなったのだが、最近になって、また聴こえてくるようになった。侍女を斬り殺してから三月ほどが過ぎた頃である。

で——

広盛は、前にも増して怒りっぽく、不機嫌になっていた。

そして、つい昨日、庭に木の葉が落ちていたということで、広盛は怒り出し、太刀を抜いて、いつも庭の掃除をしている下人を斬り殺そうとしたので、見かねて、父の平正《まさ》之《ゆき》がこれを取り押さえた。

広盛は、暴れたのだが、正之は、将門《まさかど》の乱のおり、これを制圧するために東国まで出かけて、おおいに働いた強者《つわもの》である。

正之は、広盛が暴れぬよう、屋敷の柱の一本に縄で縛りつけたのだが、

「親父殿、こんなことをしてただですむと思うなよ」

「この家の者、皆斬り殺して埋めてくれるわ――」

ずっと広盛が叫んでいるというのである。

もともと、気性の激しいところはあったものの、いくら何でもこれはおかしいのではないか……

五

「ということで、なんとかしてくれぬかと、おれのところまで、平正之殿から使いの者が来たのが、今朝《こんちょう》のことさ――」

晴明は言った。

「それは、正之殿も心中おだやかではおられまい。実の子が、そんな風になってしまうとはなあ――」

博雅は、乾《ほ》した杯を簀子の上に置いて、溜め息をつき、

「で、ゆくのか？」

そう問うてきた。

「うむ、ゆく」

「いつじゃ」

「明日」

「明日？　今日ではないのか――」

「思うところがあってな、これには多少の準備が必要になろうかと思っているのさ」

「準備？」

「それが、おそらくは明日、整う」

「待てよ、晴明、それは、おまえが今度《こたび》の一件について、それが何であるか承知しているということではないか――」

「多少はな」

「どういうことだ」

「始めに言うたではないか。例の、足を喰われた男たちの話――あれは皆、西洞院大路にある広盛殿のお屋敷の前であったことぞ――」

「なんと!?」

「まあ、明日になれば、いずれにしてもはっきりすることじゃ――」

晴明は言った。

「う、うむ」

「どうだ、ゆくか、博雅」

「ゆ、ゆくって？」

「だから、広盛殿のお屋敷へさ」

「む」

「ゆくか――」

「う、うむ」

「では、明日、ゆこう」

「ゆこう」

「ゆこう」

そういうことになったのであった。

六

西洞院大路にある平広盛の屋敷に着くなり晴明がやったのは、まず、件《くだん》の松の木の根元を掘らせることであった。

二体分の白骨が出てきた。

一体は、半年前に埋められた盗人の白骨であり、もう一体は、三月《みつき》前に埋められた侍女の白骨であった。

不思議であったのは、二体とも、きれいに白骨になっており、肉や内臓が何も残っていなかったことである。半年前に埋められた盗人の白骨ならともかく、三月前に埋められた侍女の屍体は、肉の全てが土に還《かえ》るのにはいくらなんでも早すぎた。

不思議であったのは、埋めた時にはちゃんとしていたはずの、白骨が身に纏《まと》っていた衣《きぬ》が、何かに裂かれたようにぼろぼろになっていたことだ。

さらに、二体の白骨のあちこちに、獣の歯形が残っていたことである。

犬が掘り出して肉を喰い、骨を齧《かじ》り、また埋めもどしたとも思われない。かといって、たれか人がやったにしても、歯形は人のものではなく、いったいどうして、人がこのようなことを、せねばならぬのか。

人であるとするなら、怪しいのは広盛だが、しかし、広盛がこのようなことをやったとも思えない。

皆が不思議がっているなかで、ただひとり晴明だけが、

「なるほど、そういうことであったか――」

何事か納得したかのようにうなずいた。

「おい、晴明、何がそういうことなのだ。何かわかっているのなら、教えてくれてもよいだろう」

博雅が言う。

「晴明殿、わが子広盛が、どのようなかたちであれ、今度《こたび》のことに関係しているのは、間違いないのでしょうね」

正之がそう声をかけてきた時、

「何やら、今しがた届いたということですが……」

家の者がやってきて、正之にそう告げた。

「何やら？」

正之が訊ねる。

「それを持ってきたのが、猟師の二本弓の獅子麻呂《ししまろ》なら、それはわたしがお願いしたものです」

晴明が言うと、

「何のことだ」

博雅が問うてきた。

「昨日、明日になれば準備が整うと申しあげましたが、その準備が今整ったということでござります」

届けものというのは、弓で射られたばかりと思われる猪の屍体であった。

それが、馬の背に乗せられて運ばれてきたのだ。

胸と首のところに一本ずつ、合わせて二本の矢傷があった。

二本弓の獅子麻呂の二本弓——というのは、弓にいっぺんに二本の矢を番《つが》え、一度に射て二本を同時に的に命中させることができることから、獅子麻呂につけられた異名である。

「晴明さま、言われた通り、しとめたばかりの猪、運んでまいりました。鹿でも猪でもよいとのことでござりましたが、先に出会ったのが、この猪でござりましたので——」

猪を乗せた馬を引いてきた、獅子麻呂が言った。

「この通り、籠《かご》も編《あ》んでまいりました。これほどの大きさで、よかったでしょうか」

獅子麻呂、その背に、大人がひとり、充分に入ることができそうな大きな籠をひとつ、負っていた。

「ちょうどよい大きさです」

晴明はうなずいていた。

七

準備は獅子麻呂がやった。

件の松の木の、ひときわ大きな枝の一本から、猪の屍体を縄で逆さに吊るしたのである。

「さあ、これで全てが整いました。あとは待つだけですね」

晴明がそう言った時には、すでに夕刻になっており、あたりが薄暗くなっている。

「ちょうど、陽も沈んで、よいころあいです――」

「おい、晴明。よいころあいというのは、いったい何のことだ」

博雅が問う。

「じきにわかります」

晴明は、博雅の問うたことには答えず、微笑した。

篝《かが》り火《び》が焚《た》かれた。

その炎の灯《あか》りの中に、松の枝から逆さに吊るされた猪が見えている。

その鼻先から、六尺下の地面に、ぽたり、ぽたりと血が落ちている。

あたりは、すっかり暗くなって、空には星が光っている。

闇の中で、菊が匂っている。

「もうそろそろであろう」

晴明が、つぶやいた。

「何がそろそろなのだ」

博雅が言った時、
おおおおおおおおう………

うおうおうおうおうお………

どこからか、獣の声が響いてきた。

右でもない、左でもない、向こうでもあちらでもない。

闇のどこからか、何かが哭きあげる声が聴こえてくる。

おおおおおおおおおん………

うおおおおおおおおん………

その声が、だんだんと大きくなり、近づいてくる。

しかし、どこから近づいてくるのか。

「せ、晴明」

「博雅、来たぞ」

晴明は、庭の一点を見つめている。

それは、猪の鼻先から垂れた血が落ちている地面であった。

そこが、炎の灯りの中で、赤黒い染《しみ》になっている。

「籠の用意を」

晴明が言った。

「はい」

獅子麻呂が、籠を手に抱えて、吊るされた猪の横に立った。

晴明と、晴明が見つめる地面を平正之も、下人たちも、これから何事があるのかと、睨《にら》んでいる。

博雅が問う。

「おい、晴明、何が起こるのじゃ」

「来た」

晴明が言ったその時——

血で濡れた地面が、もぞり、と、動いたように見えた。

そして、それは、そこに現われたのであった。

それは、口であった。

獣の口だ。

鋭く並んだ歯、牙。

そして、赤い舌。

鼻。

それが、血で濡れた地面の下から現われ、ふいに伸びた。

上に向かってもちあがった。

そして、それは、地面の中から跳《と》びあがり、猪の頭に嚙《か》みついたのである。

噛みついて、ぶら下がった。

大きな犬ほどの大きさの獣。

身体には、長い、黒い獣毛が生えている。

不気味であったのは、その獣には、四肢も尾もなかったことだ。

耳も、眼もない。

ただ、口と鼻だけがある。

それが、猪の頭に噛みついて、そのまま、猪の頭部を喰らっているのである。

もちゃっ、
もちゅっ、
と、その獣が肉を喰らう音が響く。

がつり、
ごつん、
と、骨が噛み砕かれる音。

不気味な光景であった。

見ていた者が、思わず後ずさりする中で、前に進み出たのが獅子麻呂であった。

獅子麻呂は、手にしていた籠を、その獣の下に置き、腰から山刀《やまがたな》を抜いて、猪を吊るしていた縄を、ぶつりと切った。

その獣が、猪ごと籠の中に落下した。

重い音がした。

その獣は、籠の中に落ちてもなお、猪を喰らい続けていた。

「こ、これは⁉」

平正之が、うわずった声で言った。

「土狼《どろう》です」

晴明は言った。

「これが、広盛殿に憑《つ》いて、人を殺させて、自分への贄《にえ》として、地に埋めさせていたのですよ……」

八

「土狼というのは、土精《どせい》で陰態《いんたい》のものだな」

晴明がそう言ったのは、翌日の昼——土御門《つちみかど》大路《おおじ》にある屋敷の簀子の上であった。

昨夜遅くにもどってきて、ひと眠りした後、遅い朝餉を食べて、今、ふたりはくつろいでいるところであった。

ふたりの傍《かたわら》には、蜜虫《みつむし》が座しているが、酒の用意があるわけではない。ふたりにしては、珍らしく、酒なしで話をしているのである。

庭の楓《かえで》は、すでに赤く紅葉しており、菊の香の溶けた大気の中に、はらり、はらりと紅葉《もみじ》が散っている。

「土精とは、もともとかたちなく心なきものではあるのだが、時に応じて、あるものは、土亀《どき》となったり、土蟇《どこ》となったり、時には今度《こたび》のように、人が関わって土狼となったりする……」

「人？　平広盛殿のことか？」

「まあ、そういうことだ。土精とは、本来は、心のようなものが生じても、虫の屍骸にたかったりする小さなものでいるところなのだが、あれはその小さなものが、いずれかで猫か犬か、そういったものの屍骸に土中でたかり、集まって、いつかひとつのものになったのであろう。それが、半年ほど前、広盛殿の埋めた盗人の屍体を偶然に喰ろうて、あのようなものになってしまったのであろう」

「あのようなものというのは、土狼のことか——」

「そうだ。あれほどの大きさになると、もう、虫などの屍骸では腹がくちくならぬのでな、ひもじくてたまらなくなり、広盛殿に憑いて、人を殺させてその屍体を埋めさせたのさ——」

「まあ、それはよい。しかし、晴明よ、おまえ、いつ、そのことに気がついたのだ」

「西洞院大路で、わびすけと丹波の黒牛が足を喰われたろう。それで、土狼ではないか

と思うたのさ。わびすけは、素足で足に傷を負っていた。丹波の黒牛は、他人の血では
あったが、その足が血で濡れていた。その血が、飢えた土狼を誘って、足を喰われたのさ――」

「ふうん……」

と、うなずき、

「しかし、広盛殿、盗人はともかく、人をひとり殺してしまった……」

博雅がつぶやいた。

「うむ」

「これからどうなるのかな」

あの後、土狼は籠に入れられたまま、篝火の炎で焼かれてしまった。

平広盛は、それでいつもの広盛にもどったものの、博雅が口にしたように、まだ解決していないことがあった。

「平正之殿が、どうするのかということなのだが、それはもう、我らが考えることではない。正之殿におまかせするしかなかろう」

晴明は言った。

「そうだな」

「酒にするか、博雅よ」

「うむ」

「もう、十日もせぬうちに雪になろう。長い冬が来る前に、この紅葉を愛《め》でて、おまえの笛を聴きながら一杯やるというのは、それほど悪い話でもあるまい」

言い終えて、晴明の吐いた息が、ほっと白くなった。

墓穴《つかあな》

一

土御門《つちみかど》大路《おおじ》にある安倍晴明《あべのせいめい》の屋敷――

桃の花の時期は終ったが、桜にはまだはやい。

しかし、庭のあちこちの土の中からは、泣きたくなるような淡い緑が、ほそほそと伸びてきている。これが、湧きたつような緑になるのはもう少し先になってからだが、生まれたての緑は、いずれも命が匂いたつようで、眺めていて飽きるということがない。

はこべらは、すでに緑の色が濃い。

ほとけのざ、いぬのふぐりは花を咲かせている。

のかんぞうの葉はまだやわらかで、ひとりしずかの白い花の色もちらほら――

早春という言葉が、一番似合う頃である。

晴明と博雅《ひろまさ》は、簀子《すのこ》の上に座し、傍《かたわら》に火桶《ひおけ》を置いて、庭を眺めながら酒を飲んでいる。

肴は炙《あぶ》った小魚《こざかな》である。

琵琶《びわ》湖で捕れた諸魚《もろこ》を串に差し、火桶の炭で焼いて食べている。

魚の焼ける香ばしい匂いが、ぬるみかけた風の中に溶けてゆく。

じっくり焼いてあるので、頭から尾まで全て食べることができる。

博雅が、尾をつまんで魚を串から抜き、頭からそれを齧《かじ》る。

「おう、これは子が入っている」

博雅が齧りとった諸魚の腹の断面に、黄色い卵が覗《のぞ》いている。口の中でほっこりと身がほぐれて、噛《か》めば、ほのかに甘みさえある。

「諸魚なれば、何度も食うたことがあるが、これは格別じゃ――」

「近江《おうみ》の篠原《しのはら》の諸魚だからな」

杯の酒を飲み終えたばかりの晴明が、紅《あか》い唇で言う。

諸魚は、琵琶湖で捕れる小魚である。

春になると、浅瀬の葦《あし》などに産卵するため、岸近くに集まってくる。

篠原では、それを網で捕って食べる。

「鵜匠《うじょう》の千手《せんじゅ》の忠輔《ただすけ》が、篠原に住む、鯉麻呂《こいまろ》という漁師と知りあいでな、毎年、この時分になると、諸魚を分けてもらっているのさ。これはそのおこぼれというわけだな」

晴明が口にした千手の忠輔というのは、黒川主《くろかわぬし》の一件で晴明が助けてやったことのある鵜匠であった。

「そういうことか」

うなずいた博雅に、

「それで、明日、出かけてゆかねばならなくなった」

「どこへだ」

「だから、篠原の鯉麻呂のところまでさ」

「何をしに？」

「篠原で、何か奇妙なことが起こっているらしい。それで、なんとかしてほしいと、忠輔を通じて鯉麻呂から頼《たの》まれたのだ」

「頼みごと？」

「それが、どういう頼みごとの筋なのであるか、実はよくわかっていないのだ」

「なに!?」

「しかし、奇妙なことというのが、どういうことであるかは、多少のことはわかっている」

「何故《なにゆえ》じゃ」

「ここまで諸魚を運んできた、鯉麻呂の使いの者から、あらましのことは聞いたのでな」

「何があったのだ」

「まあ、聞けよ、博雅。こういうことさ——」

そうして、晴明は次のようなことを語ったのであった。

二

美濃《みのの》きよひよという漢《おとこ》がいた。

出身は美濃国《みののくに》で、都へ出てきてから十年ほどさるやんごとなき御方の屋敷で働いている下衆《げす》であった。

この十年、一度も国へ帰っていなかったのだが、たまたま美濃国から出てきた知り合いに都で会ったところ、国の母がたいへん重い病《やまい》にかかり、明日をも知れぬ命であるという。ことによったら、すでに死んでいるやもしれぬと聞かされて、里心がついた。

主人にわけを話し、暇《ひま》をもらって国へ帰ることにした。

都から粟田口《あわたぐち》を通り、逢坂山《おうさかやま》を抜け、大津《おおつ》へ出、瀬田川《せたがわ》の橋を渡ったところで日が傾いた。

近江国篠原のあたりまでやってきた時には、もう陽は沈んで、周囲は暗くなっている。

さっきまで右手に見えていた三上山《みかみやま》が見えなくなったのは雲が出てきたからである。

左手に見える湖面が、鈍《にぶ》く灰色に光っているのだが、その湖面の薄明りもどんどん見えなくなってゆく。

雨も降りはじめた。

針のように細い、冷たい雨である。

浅い春である。

陽が落ちれば、ずんずん寒くなる。

夜は野宿と決めていたのだが、雨までは考えに入れていなかった。

人気《ひとけ》の遠い野中である。

立ちよるべき家も見あたらず、どうしようかと思っているところで、見つけたのが墓《つか》穴《あな》であった。

鬼でも棲《す》んでいそうでおそろしかったのだが、寒さと雨には我慢がならず、ここで一晩をしのぐつもりで中に入った。

入口のあたりは、外の風が入ってくるので、奥へゆくと、そこが案外に広かった。

入口付近はぼうっと薄明るいが、奥は真の闇であった。

乾いた木の枝などが敷いてあるらしく、とにかくそこへ腰を下ろして、土の壁に頭をもたれかけさせたら、すぐに眠くなった。

うとうとしていると、人の気配があって、眼が覚めた。

たれか、この墓穴に入ってきたらしい。

こんな夜に墓穴《つかあな》に入ってくる者などそうあることではない、さだめて鬼でもあろうかときよひよは、息をひそめて、音をたてぬようにし、身を縮めて闇の中で小さくなっていた。

その気配が、だんだん奥に近づいてくる。

——ああ、ついに自分は、こんな墓穴で、鬼に喰われて死ぬのか。せめて、母親にひと目会ってから死にたかった。

そう思っていると、近づいてきた気配がすぐ手前で止まった。

どさり、

と何か置く音がして、何者かがそこに座る気配があった。

人か!?

きよひよはそう思った。

これは旅の者か。

自分のように、どこかへゆこうとする者が途中日が暮れて、雨に降られ、それを逃《のが》れてこの墓穴の中に入ってきたものであろう。

しかし、そうは思っても、鬼でないとの確証を得たわけではない。

人であったとしても、仮に盗人《ぬすっと》のような者であれば、身につけているものを奪われるか、ことによったら命を落とすようなことにもなりかねない。

息をひそめて隠れているということでは同じであった。

その後から入ってきたものが、闇の中で、何かごそごそとやっているのが耳に届いてくる。

そのうちに、闇の中から、
戛《かつ》、
戛《かつ》、
と、何かを喰べる音が聴こえてきた。

腹が減ったので、持っていた食べものを、今喰べているのであろう。

きよひよは、急に空腹を覚えた。

疲れて、うとうとしてしまったが、何も喰べていなかったことを思い出したのだ。

ふたにぎりほどの乾《ほ》し飯《いい》が袋に入っているが、それをこれから喰べるのでは、今、闇の中にいる相手に、自分がここにいることがわかってしまうであろう。相手が鬼でなく人であるにしても、今さら声をかけるのはためらわれた。

どうしたものか——

と思っているうちに、口の中に唾《つば》が溜《た》まって、それを呑み込んだら、喉《のど》が鳴ってしまった。

ついでに、腹の虫までがぐるぐると鳴き声をあげた。

何かを喰べていた気配がやんだ。

ここに、自分がいることを気づかれてしまったのだ。

相手が、闇の中で、凝《じ》っとこちらの気配をうかがっているのがわかる。

息を殺しているが、その殺した息遣いまでが届いてくる。

ついに、辛抱がきかなくなって、

「おい」

きよひよが声をかけた途端、

「ぎえええええええっ！」

激しい叫び声があがった。

そのまま、相手は墓穴から駆け出て、どこかへ走り去ってしまった。

びっくりしたのは、きよひよも同じである。

向こうが先に悲鳴をあげたので、きよひよは声をあげそこねてしまったが、危うく腰を抜かすところであった。

しばらく闇の中で、はあはあと息を整えていたのだが、だんだんと呼吸が整い、落ちついてくると、ようやく、ゆとりが出てきて考えることができるようになった。

闇の中で、何かを喰っていたやつは、おそらく、自分のことを、この墓穴に棲む、鬼か神であるかと思ったに違いない。それで、驚いて逃げ出したのであろう。

それで気がついたのは、逃げた者が、おそらく喰べかけのものをそこに残して行ったであろうということだ。ことによったら、何か金目のものも置いていったのではないか。大切なものなら、いずれ、取りにもどってくるかもしれないが、いずれにしろ、明るくなってからであろう。夜のうちにもどってくることはあるまい。

となると、朝早くにここを出てしまえば、奴が置いていったものは、みんな自分のものにできることになる。

しめたと思ったが、何を残していったか、それを確認するのは明るくなってからでよい。今は、ひとまず、喰いものだ。他のことは明るくなってから考えよう。

そう思って、きよひよは、闇の中を這《は》うようにして、さっき、何者かがいたあたりまで近づいていった。

確か、このあたりであったか――

手さぐりすると、何かが指先に触れた。

どうやら、さっき、逃げた奴が闇の中で喰べていたものらしい。

それを口の中に入れた。

肉の切り身のようであった。

火を通していないものであったが、それほどまずくはない。いや、どちらかといえばうまい。

それで、周囲を手さぐりしてみたら、四切れほどがあったので、それをみんな喰べてしまったら、また、眠くなった。

眼が覚めたら、朝になっていた。

墓穴の入口から差し込んでくる明りであたりを見てみると、何かが土の上に転がっている。

よく見たら、それは、一本の人の腕であった。

墓穴の奥も見えたので、確かめると、そこには、何体分もの人の骨が折り重なるようにしてあった。

昨夜、枯れた枝と思ったものは、人の骨であったのだ。昨夜、自分が喰べたのは、この、人の腕の肉であったのだ。

自分の口から、大きな叫び声が洩れているのに、ようやくきよひよも気がついた。

きよひよは、そこに、げえげえと吐いた。

吐きながら叫び続けた。

三

「きよひよはな、朝、篠原の村のはずれをふらふらと歩いているところを、たまたま朝の漁から帰ってきた鯉麻呂に見つけられたということでな――」

晴明は、博雅に言った。

きよひよは、見つけられて、声をかけられた。

「もし、旅の方――」

声をかけられ、鯉麻呂の顔を見たきよひよは、そのままその場に倒れ込んでしまった。

「これ、どうなされた」

鯉麻呂は、倒れたきよひよを背負い、家まで運んで寝かせたのだが、うわごとを言うばかりで、意識がもどってこない。

「鬼じゃ、鬼に喰われるところじゃった」

「おれも喰うてしまった」

「人の肉じゃ」

「おれの名はきよひよじゃ」

「ああ、くるしい」

そのうわごとを、よく聞いて、つなげてみれば、

「今、おれが話したようなことが、そのきよひよという男にあったらしいということであったのさ――」

晴明は言った。

きよひよの額《ひたい》に触れてみれば、熱がある。

身体中が赤い。

呼吸が荒く、苦しそうな息の間に、

「頭が痛い」

「吐き気がする」

このようなことを口走る。

ともあれ、熱があるというので、冷たい水に浸した布を額にあてたりして、なんとか熱だけでも下げようとしたのだが、なかなかよくならない。

「で、いつもなら、自分が千手の忠輔のところへ、諸魚を持ってゆくのだが、きよひよのことが心配で、別の者に持ってゆかせた。そこで、忠輔に、このようなことがあったのだが、よい医師はいないか、と訊《たず》ねたところ――」

「忠輔が、おまえの名を出したということだな」

博雅が言った。

「そういうことだ。で、今日、おまえが来る前に、忠輔と鯉麻呂の使いの男がふたりでここへやってきて、なんとかならぬものかと言うのさ」

「なんとかならぬものか、とは？」

「きよひよのうわごとを信ずるならば、村の近くに何やら人を喰う鬼がいるということになる。この鬼をなんとかしてもらえぬかということと、きよひよの命をなんとか救って欲しいということだな――」

「なるほど――」

「まあ、それで、おまえがやってきたら、諸魚で一杯やりながら、このようにわけを話して、その後、出かけようと思うていたところだったのさ」

「出かける?」

「ああ」

「どこへだ」

「だから、近江の篠原へさ」

「これから?」

「明朝だ。呑天《どんてん》に頼んでおいた薬草も夕刻にはなんとかなろう。明日の朝出れば昼過ぎには、篠原へ着くであろうからな」

「ふうん」

「どうじゃ、博雅、おまえもゆくか」

「お、おれも……」

「そうだ」

「しかし……」

「無理にとは言わぬが、どうじゃ」

「う、うむ」

「どうじゃ、ゆくか」

「うむ」

「ゆこう」

「ゆこう」

そういうことになったのであった。

四

粟田口の少し先までは、車であった。

途中、車を降りて、徒歩《かち》で大津へ出て、瀬田川の橋を歩いて渡った。

篠原の手前で、迎えに出てきた鯉麻呂と出会い、その足で、まず、件《くだん》の墓穴にむかった。

野洲川《やすがわ》を渡った。

野洲川は、琵琶湖に流れ込む川では、一番の大河であり、暴れ川である。毎年夏から秋にかけて氾濫《はんらん》するため、近くに人家はない。しばらく歩くと、一面の葦原《あしはら》のむこう、右手に小山があった。

道々に、挨拶《あいさつ》も、だいたいの話も済んでいる。

「あそこに、件の墓穴がございます」

鯉麻呂は、小山を指差して言った。

「古い墓穴で、ごらんのようなところでございますので、昔から鬼やら怪《あや》しのものが棲むと言われておりますし、この頃はたれも近づきませぬ」

中に入った。

最初は身を屈《かが》めて入口をくぐった。

話に聴いていた通り、奥が広くなっている。

昼であるので、入口から入ってくる明りで、なんとか周囲のものは見てとれた。

奥の手前に、人の腕が一本、転がっていた。

肉が残っているのは、一部だけで、半分以上の肉が無くなっていた。

もう肉が腐りかけていて、いやな臭いが墓穴の中には満ちていた。

奥を見れば、骨の山があった。

きれいに肉がなくなった骨だ。

されこうべの数をかぞえてみれば、全部で十二人分あった。骨をかきわければ、さらにされこうべが見つかるかもしれないが、そこまではやらなかった。骨をのけるたびに、百足《むかで》が這い出てくるので、気味も悪い。

「これは、なんと……」

博雅も、顔をしかめ、袖で鼻と口を覆《おお》っている。

骨が捨てられた時、肉が少し残っていたとしても、それを皆、小虫や百足が喰ってしまったことであろう。

骨をよく見れば、その表面に、何かの傷のようなものも見てとれる。

「もう、このくらいで十分でしょう」

晴明は言った。

外へ出た。

「おれは、このことをしばらく夢に見ることになりそうだよ……」

博雅は、明るい日差しの中に立って、ほっとしたように言った。

五

鯉麻呂の家に、きよひよは寝かされていた。

家の者が、濡《ぬ》らした布を額にあてたりして、かいがいしく世話をしている。

きよひよの顔が赤い。

呼吸は、すでに荒いのを通り越して、細くなっている。

晴明は、しばらくきよひよの身体に手を当てたりしていたのだが、

「ものが憑《つ》いて、こうなったのではありませんね」

そう言った。

「わたしの考えていた通りなら、この方《かた》の身体を冷やすのはやめて、すぐに温めるようにして下さい」

家の者は、きよひよの額に当てていた布を取り払い、きよひよの身体に衣《きぬ》を何枚も重ねて掛けた。

晴明は、その横で、懐《ふところ》から紙の包みを取り出した。

開くと、そこに、何種類かの草や葉が入っていた。

「呑天に、捜させたのです。まだ春のこと故《ゆえ》見つけるのが大変でしたが、これだけあれば、ひとまずの用は足りるでしょう」

「それは？」

博雅が訊《き》く。

「薬草さ。これからちょっとした薬を作るのさ」

「薬？」

と訊ねてきた鯉麻呂に、

「石を」

晴明が言った。

「ふたつあれば大丈夫です。大きなものと小さなもの。大きなものは平《ひら》たくて――」

これこれのものをと、晴明が簡単に指示を出す。

さっそく、庭から石が運ばれてきた。

晴明が指示した通り、子供の拳《こぶし》ほどの丸い石と、大人の手の平ほどの平たい石だ。

平たい石の上に、用意した薬草をのせ、それを晴明が、丸い石で潰《つぶ》してゆく。

液体とまでは言えぬ、どろりとした緑色のものが、石の上に溜まるたびに、晴明が、それをかわらけで受ける。

「これでいいでしょう」

晴明は、それを指でつまんで、仰向けに寝ているきよひよの口の中に押し込んだ。

「一日に三度、朝と昼と、晩に、これをこの方に、今わたしがやったように与えて下さい――」

「承知いたしました。もちろん言われた通りにいたしますが、これは何の薬でしょう？」

鯉麻呂が言う。

「もしも、薬が効きはじめたら、その時にお話しいたしましょう。わたしが考えている通りのものなら――おそらくそうだと思いますが、夕方までに結果は出るはずです――」

「ははあ……」

「さて――」

と、晴明は、あらためて鯉麻呂を見やり、

「近在で、このところ、行方の知れなくなった者、急にいなくなった者は、おりますか？」

「このところというのは？」

「五年ほど前から、今までということです」

「はて？」

と、首を傾《かし》げた鯉麻呂の横にいた博雅が、

「おい、晴明、それは、あの墓穴の遺体がこの近在の者ということか――」

そう訊ねた。

晴明が答える前に、

「おりませんな。病気で亡くなった者や、遠方に出かけてまだ帰ってきていない者はおりますが、わたしの知る限りでは――」

鯉麻呂はそう言って、周囲を見やった。

その場にいた土地の者たちも、

「その通りで――」

と、鯉麻呂の口にしたことを肯定《こうてい》した。

「では、この近在で、この頃急に、皆と会わなくなった者、たまにしか、顔を見なくなった者はおりますか。会うた時には、尻のあたりを隠したがったり、あるいは足を隠したがったりするようになった者は――」

晴明が、そこにいた一同に問うた。

するると、ひとりの男が、

「それなら、野洲川のどぜう婆《ばば》ではないか――」

そう言った。

「そう言えばそうだな」

「昔は、尻をはしょって川に入ってどぜうをとったりしていたのが、この頃は菰《こも》を尻に巻いて川に入ったり、歩く時も、菰を腰に巻いたりしているではないか」

「おお、そうじゃ」

という声があがった。

「そのどぜう婆というのは？」

晴明が訊く。

「野洲川で、どぜうを捕って暮らしている婆で、五年ほど前に夫《つま》を亡くしましてなあ。以来、独りで川に入って箕《み》で川底の泥を掬《すく》ってどぜうを捕っているのでござりますが、他にも蜆《しじみ》や鱮《たなご》、小鮒《こぶな》、鰻《うなぎ》など、色々捕れますでな、そいつを売ったり、煮たり乾したりで、身体が動けるうちは、婆でもひとりでなんとか生きてゆけるのでござります……」

「夫《つま》が亡くなったのは？」

「五年前の夏に、大水が出ましてなあ、その水で流されて死にました。可哀《かわい》そうに、死体も見つかりません。今頃は、琵琶湖の底でござりましょう。それから婆がひとりで川に入るようになったのですが……」

「いずれに住んでおいでですか」

「野洲川の河口に近いあたりに、小屋を掛けて暮らしているのですが、夏でなくとも、雨が続けば、水に浸ります。他所《よそ》へ移れと何度か村の者たちも言うたのですが、長年住んでいたここがよいのじゃと言うて……」

「お子は？」

「残念ながら、おりませぬ」

「いずれにせよ、その婆さまのところへ案内していただけますか」

「もちろんでござります」

　鯉麻呂は言った。

六

　枯れた葦原の中に、わずかに土の高い部分があって、道はその上に続いていた。

いぬのふぐりやほとけのざなど、その道の上には、もう春の草が萌《も》え出している。

一面の葦の中に、ぽつんと小屋が見えている。

その小屋のすぐ向こうに琵琶湖の水が光っていた。

小屋を通りすぎて、少し歩けば、そこがもう野洲川である。

近づいてみれば、粗末な小屋であった。

まず似た長さの四本の流木を拾い、それを二本ずつに分け、それぞれその先を合わせて縄で結び、それを前と後ろに立て、流木をその上へ渡して棟《むね》となし、さらに何本もの流木を左右から棟へと掛けて、そこへ草を葺《ふ》いて屋根とした家だった。

だから、家の左右に壁はない。

家の前後の、後ろには、河原から拾ってきたらしい石を積みあげて、風を除《よ》けている。

それが、壁と言えば壁と言えなくもない。

家の前側にも、風除けのための塀として石が積まれているが、出入口とおぼしきところには、上から菰がぶら下げられている。

積んだ石の透き間は、泥で塞《ふさ》がれてはいるものの、冬の透き間風を防ぎきれるものとは見えなかった。

「婆《ばば》さま、いるかね――」

外から鯉麻呂が声をかける。

返事はない。

「わしじゃ、鯉麻呂じゃ」

菰のすぐ前からおとのうても返事がない。

「入るよ」

と声をかけ、菰に手をかけると、

「入るな……」

声がした。

低い、しわがれた、人というよりは獣《けもの》の唸《うな》るような怖い声であった。

菰に手を掛けたまま、どうしようかといった顔で、鯉麻呂が晴明を見た。

すると、晴明は鯉麻呂に、自分にまかせよというようにうなずいてみせ、

「わたしは、都からやってきた、安倍晴明という者です。お尋ねしたいことがあってやってまいりました」

そう言った。

「うるさい。都であろうが、たれであろうが帰れ。会いとうないわ」

晴明は、その場に立ったまま、菰のすぐ手前から、小屋の中に向かって右手をかざした。

「やはりな……」

晴明がつぶやく。

「何がやはりなのだ」

晴明の横に立っていた博雅がつぶやく。

「この中にいるのは、人であって人でないものだということさ」

「なに⁉」

博雅がびくりとしたところで、

「入りますよ、失礼――」

晴明が菰を持ちあげた。

「轟《ごう》！」

という、叫ぶ声とも吼《ほ》える声ともつかぬ声があがった。

中に入った。

粗末な小屋だった。

土間に、石が輪状に並べられて、その上に口の欠けた壺がのせられている。その石の竈《かまど》の中で、炎がちろちろと燃え、壺の中では、何かの汁が煮えていた。

その横に、薪《たきぎ》にするためのものであろうか、河原で拾ったものらしい様々な長さの流木が積まれている。

隅に箕《み》が置かれ、奥には寝床にするためであろうか、葦が厚く敷かれていて、その上に白髪の女が、身を縮め、中腰になってこちらを睨んでいた。

その眸《め》が、青く、とろとろと光っている。

顔は、乾した魚のように皺が寄って、その皺の間に、眸は埋もれていた。

ぼろぼろの衣を纏《まと》い、腰には菰を巻いていた。

「出てゆけ、話すことなどないわ」

白髪の女が言う。

ずっと、櫛《くし》など通していないのであろう、その白い髪は、四方に向かって藻屑《もくず》のように伸びちらかっている。

「ぜひ、お話を――」

晴明は、そう言って、足を前に踏み出したのだが、その瞬間、

「あ」

と、声をあげて、踏み出した左足をもどしていた。

「踏むなよ、そこを。踏むでない」

白髪の女――どぜう婆が言う。

「これは……」

晴明は、もどした左足を見、それから、今自分の左足が踏んだばかりの、竃の前の土を見やった。

「ぎいいいいっ」

どぜう婆が、跳《と》んだ。

晴明に向かって飛びかかってきた。

宙で、はらりと腰にまわしていた孤がはずれて、尻がむき出しになった。

晴明は、身を躱《かわ》したのだが、どぜう婆の身体は、その後ろに立っていた博雅の身体にぶつかっていた。

博雅の着ていたものの、左側の襟《えり》が、

びりり、

と裂けていた。

どぜう婆の右手の指の爪でやられたのである。

「なんと⁉」

その時、博雅が声をあげたのには理由がある。

孤が落ちて、剝《む》き出しになったどぜう婆の尻から、二本の角のようなものが生えているのが見えたからである。

黄色い色をしていて、しかもあぶらを塗ったようにてらてらと光っている。

シャガ

シャガ

その尻から出ている角に似たものが、動いて音をたてた。

どぜう婆が、前かがみになり、両手を土間に突いて、背を反《そ》らせ、尻を高く持ちあげた。

「博雅、その尻の牙に嚙まれたら、命はないぞ」

晴明が、懐に左手を入れ、そこから何やら書かれた呪符を取り出した。

右手の人差し指と中指をそろえて舐《な》め、唾で濡《ぬ》らして、それをその呪符に塗りつけた。

その時――

「しゃっ」

どぜう婆が、さらに尻を持ちあげ、博雅に飛びかかろうとした。

その前に、晴明が割って入り、左手に持った呪符を、叩きつけるようにして、どぜう婆の額に貼りつけた。

どぜう婆の動きが止まった。

「むうんむむむ……」

「うんむむん……」

どぜう婆が、唇を歪《ゆが》めて唸る。

動こうとして動けない。

きりきり

ぱりぱり
と、くやしそうに歯を鳴らすのだが、身体は動かない。

「さて、どぞう婆どの。いったい、何があったのか、お聞かせいただきましょうか
——」

晴明が問うても、

「むむむんむむう……」

「んむむんうむう……」

どぞう婆は唸るばかりである。

博雅も、鯉麻呂も、今はただ晴明と奇《き》っ怪《かい》な姿のどぞう婆を見守るだけである。

晴明は、しばらくどぞう婆を見つめてから、

「どうやら、あなたの中に何かいるようですね。それが、邪魔をして、話をさせないのでしょう」

そう言って、右手の人差し指の先を下唇にあて、口の中で、小さく何やらの呪《しゅ》を唱えはじめた。

と——

「ぐむ」

「むむ」

唸りながら、どぜう婆が、小さく頭部を左右にねじりはじめた。

「お、おい、晴明！」

博雅が声をかけたのにも理由がある。

それは、どぜう婆の額に貼られた呪符の下から何かがあらわれて、そこに貼られた呪符を下から持ちあげてきたのである。

晴明が、さらに声を大きくして呪を唱えると、額から、呪符を突き破って、何かが生え出てきた。

四寸ほどの長さの角のようなもの――

どぜう婆の尻から生えている牙の先の形状が、似ていると言えばこれに似ている。ただし、どぜう婆の尻の牙とは色が違っている。どぜう婆の尻の牙は黄色だが、額から生えてきたこの角のようなものは、赤い。

「なるほど、そんなものが、あなたの身体の中に入っていたのですね」

晴明は、呪符ごとその角を摑《つか》むと、みりみりと、どぜう婆の額から、それをもぎとってしまった。

「うーん」

と、唸って、どぜう婆は、そこに俯《うつぶ》せに倒れた。

持ちあがっていた尻も落ち、なんと、その尻から生えていた黄色い牙も、ほろり、ほろりと、その尻からもげ落ちていたのである。

どぜう婆は、上体を起こし、土間に尻を落として、晴明たちを見あげている。

「さあ、これで、ようやくお話しできるようになったのではありませんか——」

晴明が言うと、どぜう婆の両眼から、大きな涙の粒が、ほろりほろりと落ちてきたかと思うと、両手で顔を覆うと、わっ、と泣き出した。

おう
おう
と声をあげ、

「ああ、なんと、なんととんでもないことをわたしはしてしまったのでしょう」

と、両手の間から、声をこぼしながら啜《すす》り泣いた。

「何があったのか、お話ししていただけますね——」

晴明が言うと、こくん、とどぜう婆はうなずき、

「ちょうど、今から五年前のこと、あのことがあってから、わたしはこんなになってしまったのでございます」

そう言った。

「あのこと？」

「五年前、わたしは、この手で、夫《つま》の諸魚《もろこ》爺《じい》を殺してしまったのでございます……」

言いながら、どぜう婆はまた顔を覆い、激しく泣き出したのであった。

七

五年前の夏——

諸魚爺とどぜう婆は、川で蜆《しじみ》を捕っていた。

ふたりで川へ入り、蜆を箕で捕るのである。一緒に、どぜうだの、小鮒だの、が捕れる。

捕れた蜆は、諸魚爺の腰の魚籠《びく》へ、小魚はどぜう婆の腰に下げた魚籠へ入れる。

嵐が近づいていて、いつもより水かさが増していた。

もう、上流ではかなりの雨が降っているらしい。本格的に嵐になって、水が溢《あふ》れたら、しばらくは川に入ることはできない。だから、今のうちに、少しでもと思って、捕れるだけのものは捕っておこうとふたりは考えたのである。

しかし、水はどんどん増えて、もうあがり時かと思ったころ、

「痛っ」

と、諸魚爺が声をあげた。

「どうしたのじゃ」

と、どぜう婆が声をかける。

「何かが、足に刺さったようじゃ」

　ふたりで、岸にあがった。

　諸魚爺が、岸の草の上に腰を落として、足をあげてみると、左足の裏に、長さ四寸ほどの何やら赤いものが刺さっている。

　その先が、みごとに足の裏に刺さって、引いてみても抜けない。

　無理に引っぱると、足の裏の肉がちぎれそうになって、さらに痛みが増した。

　どうしたものかと思っているうちに、まるで、生き物のように、その赤いものは肉の中に潜《もぐ》ってゆく。

「なんじゃ、これは……」

　とうとうそれは、完全に諸魚爺の左足の中に潜って見えなくなってしまった。

　同時に、痛みも嘘のように消えた。

　その晩、嵐がひどくなった。

　雨風が強くなり、屋根に葺いた葦も飛ばされる。

　どぜう婆と諸魚爺は、一緒に寝ていたのだが、どぜう婆は、触れている諸魚爺の身体がたいそう熱いことに気がついた。

「むうん」

「むむう」

寝ながら、苦しそうに唸っている。

「どうなされたのじゃ」

どぜう婆が問えば、

「この身を内《うち》から焼かれるようじゃ」

あぶら汗を流しながら、諸魚爺が言う。

竈に燃えている火の灯りで見れば、諸魚爺の眼が、らんらんと光っている。

黄色い歯を喰いしばって、何かに耐えているようであった。

その眼が、どぜう婆を睨んでいる。

「辛《つら》いのか」

と、どぜう婆が問えば、

「辛かあない」

諸魚爺が言う。

「ただ、おまえを喰いたいだけなのじゃ」

「え!?」

「辛いというのなら、それを我慢しているのが辛い」

声がもう、いつもの諸魚爺のものと違う。

気味が悪くなって、どぜう婆が立ちあがると、諸魚爺も立ちあがる。

「頼む、おまえを喰わせてくれ」

立った諸魚爺の尻のあたりで、何かがしゃかしゃかと動いている。

黄色い二本の牙のようなものが、諸魚爺の尻から生えている。

諸魚爺は、人間ではない別のものに変じてしまったのだ。

と——

「逃げよ」

と、諸魚爺が言う。

「逃げよ、さもないと、わしはおまえをほんとうに喰うてしまうであろう」

しゃか
しゃか
しかし、逃げよと言われても、この嵐の中、いずれへ逃げればいいのか。

「ああ、おまえを喰いたい」

「逃げよ」

ひとつの口が、別々のことを言う。

「おまえが好きじゃ。だからおまえを喰うてしまいたいのじゃ」

「おまえが好きなればこそ、逃げてほしいのじゃ」

いったい、どちらが本当の諸魚爺なのか。

嵐はいよいよ激しくなり、向こうでは、水かさの増した川が、どろどろと鳴っている。

ついに、諸魚爺の身体が、ぶるぶると震えはじめた。

と——

「たまらぬわ」

諸魚爺が、叫んでいきなり土間へ跳んで、屋根からぶらさげていたものに飛びついた。

それは、葦を刈る鎌であった。

「ああ、とてつもなくひもじい。このままでは、まちがいなくわしは、おまえを喰うてしまうであろう」

言うなり、ぶるぶる震える手で、鎌を持ちあげ、その先を自分の喉にあてた。

「これ、はやまるでない」

諸魚爺は死ぬつもりなのだとわかった。

「こうせねば、わしは、おまえを喰うてしまうであろう」

諸魚爺は、どぜう婆を見やり、

「わしは、これまでおまえと連れそうてきて、ほんとうに楽しかったなあ」

そう言って、笑いながら、自分の喉をひと息に掻《か》き切っていた。

倒れた諸魚爺に駆けよって、抱き起こしたが、もう諸魚爺はこと切れていた。

どうしようかと思った。

こうしておけば、いつまた起きあがって、おまえを喰いたい、などと、言い出しかねない雰囲気があった。

ならば、埋めてしまうことだ——

そう思った。

それで、鎌で土間の地を掘り、削って、穴の中に諸魚爺の死体を埋めた。

土をかけてゆき、最後に顔だけが残った時、たまらず、どぜう婆は、諸魚爺の頬に、その両手で触れた。

その手に激痛が走った。

「痛《つう》!」

あわてて手を引っ込めたのだが、あの赤い牙の如きものが、その切先を、どぜう婆の手の中に潜り込ませていた。

「わっ」

と言って、どぜう婆はその赤い牙のようなものを抜こうとしたが、抜けなかった。

八

「それで、わたしは、その嵐の晩に、諸魚爺の肉を喰うたのでござります」

と、どぜう婆は言った。

「あれが、身体の中に入ると、ひもじうてひもじうてたまらなくなり、人を喰べたくなってしまうのです」

諸魚爺を貪《むさぼ》り喰い、残った骨を、ちょうど、竈の前に埋めた。

喰べてはしまったものの、まだ人の心は残っていて、残った骨を見るに忍びなかったのだという。かといって、嵐の晩、外には埋めにゆかれず、小屋の中に埋めたのだと、どぜう婆は言った。

ちょうど、嵐で川が氾濫したので、村の者には、諸魚爺が流されて死んだことにしたのだという。

以来、尻の牙を隠すため、身体に菰を巻くようになった。

しかし、人を喰いたくてたまらない。

かといって、村の者を喰うていては、いずれ、わかってしまう。それで、ひとり旅の者を見つけては、尻の牙で嚙み殺して、その肉を喰い、骨は、あの墓穴に捨てていたのだという。

尻の牙で嚙むと、毒があるのか、すぐに人は死ぬ。

二日前の晩も、旅人を殺して喰い、骨を捨てるつもりで墓穴まで行った。しかし、墓穴に入って、まだ肉の残っていた腕を喰っていた時、何ものかの気配を察して驚き、逃げてきたのだという。

ついに、本物の鬼が出たか――

そうも思ったという。

人なら人で、秘密を知られてしまっては、もう、生きてゆけるものではない。

とにかく、驚いたのがまず先で、何者かを確かめもせず、逃げ出したのだという。

「この五年で、十人に余る人間を殺して喰うた以上、こうして正気にもどったとはいえ、のめのめと生きているわけにはゆきません。どうぞ、この場でわたくしを成敗《せいばい》なされてくださいまし……」

泣きながら、どぜう婆は言った。

その時、竈の前に、ぼうっと立つ影があった。

白髪の、老人であった。

「おう、諸魚爺どの……」

鯉麻呂が言った。

しかし、諸魚爺は、鯉麻呂を見ていない。

ただ、どぜう婆を見つめている。

なんとも哀しそうな、しかし、優しい眼であった。

「婆よ、婆よ、あの牙の角がとれるのを、ずっとわたしは待っていたのだよ……」

諸魚爺は言った。

「安心おし、このわたしが、おまえを連れていってあげよう。行く先が、地獄であれどこであれ、ずっとわたしが一緒だよ。安心おし。共にゆこう……」

どぜう婆は、泣きじゃくっている。

その額に、諸魚爺が、右手の指先でそっと触れた。

ふわりと、どぜう婆が倒れた。

地に伏せた時には、もう、どぜう婆は死んでいた。

諸魚爺の姿も、ふうっと消えていた。

あとは、川の音が響くばかりであった。

九

晴明と博雅は、酒を飲んでいる。

晴明が着ているのは、ふうわりとした白い狩衣《かりぎぬ》である。

その前に胡座《こざ》して酒を飲んでいる博雅は、黒袍《くろほう》を身に纏《まと》っている。

篠原でひと晩やっかいになり、土御門大路の晴明の屋敷にもどってきて、今、ふたりは一杯やっているところであった。

午後——

夕刻までには、まだ多少の時間がある。

陽差しはあたたかかった。

ふたりが帰る頃には、もう、きよひよも元気になり、もう三日もすれば、普通に歩けるようになるとの、晴明の見立てであった。

「それにしても晴明よ、おまえ、いつからわかっていたのだ」

口に運びかけた杯を、途中で止めて、博雅が問うた。

「何のことだ」

「だから、きよひよが倒れたのが、百足の毒であることをだ」

「ああ、それか——」

晴明は、空になっていた杯を、簀子の上に置きながら言った。

「呼吸が荒い、頭が痛くて、眩暈《めまい》がしてふらふらする、これはいずれも百足の毒にやられた時のものではないか。百足の毒は、冷やしてはいけない。温めねばならぬと昔から決まっておるしな……」

「それで、呑天に、百足の毒に効く薬草を採りにゆかせたのか」

「うむ」

「しかし、それだけで、百足の毒と見極められるものか——」

「博雅よ、おまえ、忘れておらぬか」

「何のことだ」

「あの篠原の地、いったいどういう地であるのかをだ」

「そう言われてもなあ」

「すぐ背後に、三上山を背負う土地ぞ」

「三上山？」

「三上山と言えば、思い出さぬか」

晴明に言われて、

「あっ」

と、博雅は声をあげた。

「そうか、三上と言えば、その昔、東国へ下る時に、藤原秀郷《ふじわらのひでさと》どのに退治された大百足の棲んでいた山ではないか」

「思い出したか」

藤原秀郷――別名、俵藤太《たわらのとうた》。

東《あずま》へ下る時、勢多の大橋に横たわった大蛇をまたいで通った。

この大蛇が、琵琶湖の主で、昔から三上山の大百足と戦いを続けている。

その大蛇が秀郷に言うには、

「このところ、三上山の大百足が、琵琶湖の魚を大量に食いちらかし、近辺の鹿や猪まで、動物を食って食って食いまくるので、琵琶湖も滅びる寸前である」

と。

「ついては、明日は、大百足と我らとの最後の大戦《おおいくさ》の日。どうか、我らにお味方してはいただけませぬか」

それで、秀郷は大蛇に加勢して、大百足を退治したのである。

「その戦いがあったのが、ちょうどあのあたりであったのさ」

「なるほど、そういうことであったかよ」

「百足はな、口で噛むのではない。尾、つまり、尻近くにある牙で、相手を噛むのさ。件の大百足、秀郷どのと闘った時、黄金丸《こがねまる》なる剣で身を切り刻まれた。その時に、あの牙のような、角のような、赤い尻の牙を、斬られた。その牙が落ちて、ずっと河口あたりの水中の泥の中に沈んでいたのであろう。それが、たまたま、諸魚爺の足に刺さって、このようなことになったのだ。おれが、人を喰うたのが、鬼でなく人と考えたのは、骨に残っていた歯型を見たからさ。あの傷は、人の歯が作ったものじゃ。五年前というたは、あの墓穴にあった骨のうち、一番古そうなものが五年ほど前のものと見えたからさ」

「いや、こうして話を聞いてみれば、なるほどとわかるのだが、晴明よ、あの時おれは、おまえのことをとんでもない凄いやつだなと本気で思っていたのだぞ」

「それは嬉しいね。天下の笛の名手、源《みなもとの》博雅がそう言ってくれたというのは、おれも覚えておくよ――」

そう言って、晴明は、嬉しそうに微笑したのであった。

にぎにぎ少納言《しょうなごん》

一

坂上彦麻呂《さかのうえのひこまろ》、齢《よわい》は五十。
少納言である。
三条大路《おおじ》に屋敷を構えて暮らしているのだが、近ごろ困っている。
夜になると、女が来るのである。
女が来て、彦麻呂の手を噛《か》むのである。
それも、右手ばかりを噛む。
最初は、五日前の夜であった。
夜——
眠っていると、何かの気配に気づいて眼が覚める。
枕元を見やると、そこに、白い衣《きぬ》を着た女が立っている。

右側の枕元だ。

女は、上から凝《じ》っと彦麻呂を見下ろしている。

どちらかと言えば、美しい貌《かお》だちの女であるのだが、怖い。

眼が、彦麻呂を睨《にら》んでいる。

顔色が青白い。

唇が薄い。

声をあげようとするのだが、声が出ない。

逃げたいのだが、身体が動かない。

不思議だ。

身体が動かないはずなのに、どうして、首が横に動いて、女を見ることができたのか。

どうして、目蓋《まぶた》が動いて眼を開くことができたのか。

いや、そもそも、これは夢なのだ。

自分は首を動かしてもいないし、眼を開いてもいない。だから夢なのだ。だいいち、今は夜だから、たとえ眼を開いても、何も見えるはずがない。だのに女が見えているというのは、これが夢だからだ。

そんなことを考えていると、女が身をかがめ、四つん這《ば》いになって、いきなり夜着《よぎ》の中へ頭を突っ込んできた。

痛！

右手に、激痛があった。

女が、右手に嚙みついてきたのだとわかった。

舌や、歯の感触でそれがわかる。

しかし、手を引っこめようにも手が動かず、身体も動かない。痛みを訴えて叫ぼうにも声が出ない。

心の中で、痛い、痛いと叫んでいる。

がじ、

がじ、

がじ、

と、指が、手の肉が齧《かじ》られている。

ひとしきり嚙んで、女は夜着から頭を出し立ちあがり、彦麻呂を見おろして、にいっとものすごい笑みを浮かべた。

女の姿が消えた。

そのまま、彦麻呂は眠りに落ち、朝、右手の痛みで眼が覚めた。

朝の光の中で右手を見ると、赤く腫《は》れあがっていて、あちこちが傷だらけになっていた。

それで、昨夜のことを思い出した。

あれは、夢ではなかったのか。

本当に女がやってきて、右手を噛んでいったのか。

いやいや。

何か、右手が痒《かゆ》くなって、知らぬうちに左手で右手を掻《か》き毟《むし》り、それがあのような夢になったのであろうか。

不思議であったが、そう思うしかない。

家の者には何も言わなかった。

それで、終りと思っていたからだ。

ところが、終りではなかった。

その日の晩も、またその次の晩も、同じことがあったのである。夢ならば、同じ夢を見たのである。

「右手が腫れて、傷だらけでござりまするが——」

家の者に問われて、

「なに、ちょいと痒うてな、寝ながら爪を立てて掻きすぎてしまっただけじゃ」

彦麻呂はそう言って笑った。

それが、三夜そういうことのあった翌朝のことであった。

四夜目には、血が滲《にじ》み、ついには五夜を過ごした朝、右手はもう動かず、場所によっては深く肉が嚙み破られていた。

この時にはもう、件《くだん》の女のことは、家の者の知るところとなっていた。

いったい何がおこっているのか。

彦麻呂は、女に覚えがなく、家の者も心あたりがない。

六夜目の今夜にも、その女はやってきて、そうなったら、もう、右手は喰いちぎられてしまうのではないか。

何かの祟《たた》りの筋のようでもあり、それならどこぞの陰陽師《おんみょうじ》にでも相談するか、はたまた所を移して別の場所で眠ったらよいか、と皆で話しあっていたところ、下人《げにん》がやってきて、

「妙な爺《じじ》いがやってきて、主《あるじ》に会わせよと言うております」

と言う。

「妙な爺いだと？」

「はい」

「どんな爺いじゃ」

と話をしているところへ、

「こんな爺いで——」

という声が、庭から聞こえてきた。

「お困りのようじゃな」

見れば庭に、黒いぼろぼろの水干《すいかん》を纏《まと》った爺いが立っていた。

素足である。

髪はぼうぼうと蓬《よもぎ》のように空にたちあがり、眼は黄色く光って、長い鬚《ひげ》が顎全部を覆《おお》っている。

「いや、お困りであろう。わかる。家の前を通りかかったら、悪しき気が屋根から立ち昇っておるのが見えたからなあ――」

言うことや、その立ち居ふるまいからすると、どうやら法師《ほうし》陰陽師のようである。

「この分では、この一日、二日で、たれか死人が出るな……」

庭から、その爺いはぎろぎろと簀子《すのこ》の上に居る者たちを見回し、

「ははあ、そなたのようじゃな」

彦麻呂を指差した。

これには彦麻呂も驚くしかない。

何も言っていないのに、外を通っただけで、何かがこの家でおこっていることを見抜き、さらには、それが誰の身におこっていることであるかを、何も知らされぬうちにあてた。

身なりは汚ないが、それなりに験力《げんりき》のある人物なのであろう。

「それが何であるにしろ、このおれが、何とかしてやろうではないか。かわりと言うてはなんだが……」

と、爺いはにかりと笑ってみせ、

「酒一杯、馳走《ちそう》に与《あずか》りたい」

そう言った。

「さ、酒の一杯や二杯、これをなんとかしてくれるというのなら、いくらでも――」

彦麻呂はもちろんそう言った。

「決まったな」

爺いは、赤い舌で、嬉しそうに唇をべろりと舐《な》め、

「蘆屋道満《あしやどうまん》じゃ」

唇の片端を持ちあげてみせた。

「何があったか、言うがよい」

二

「なるほど」

と、道満がうなずいたのは、彦麻呂からひと通りの話を聞いてからであった。

「女に覚えはないか――」

「ござりません」

きっぱりと彦麻呂は言った。

「西京《にしのきょう》に通う女もおりますが、不自由をさせたことはなく、他に女がいるわけでもござりませぬ」

「手を――」

道満が言うと、彦麻呂が右手を差し出してきた。

赤く膨《ふく》れあがった手であった。

手の甲と言わず、掌《たなごころ》と言わず、指にも、指の腹にも、手首に近いところまで、噛み傷のようなものがある。

「鼠《ねずみ》のものではないな……」

つぶやいて、

「ふむ」

首をひと呼吸、ふた呼吸傾けた後、

「今夜じゃな」

道満はつぶやいた。

「今夜？」

「この道満がなんとかしてしんぜよう」

「本当に!?」

「墨と筆と、硯《すずり》を――」

そこまで言ってから、

「酒もじゃ」

と、つけ加えた。

酒の入った瓶子《へいし》と、杯、そして、墨と筆と硯が用意された。

まず、道満は、瓶子から直接酒をごくりごくりと飲んでから、悠々《ゆうゆう》と墨を磨《す》りはじめた。

磨り終えた墨に筆を入れ、

「右手を――」

道満は言った。

差し出された右手を開かせ、その掌の上に、道満は筆で「〇」を描き、その後でその「〇」の中心に、横へ一本線を入れて、「㊀」とした。

ここでまた酒をごくりごくりと飲み、

「これは、この道満しかやれぬ技でな。かわらけを使うてやれば人も殺せる」

瓶子を持った左手の甲で唇をぬぐい、右手の人差し指の先を「㊀」にあて、何やらの呪《しゅ》をひとしきり唱えた。

「これでよい」

「本当に？」

「くどい」

道満、また、酒を飲み、瓶子を置いて、そこにごろりと横になって、

「夜になったら起こせ」

鼾《いびき》をかいて眠ってしまったのであった。

三

道満、闇の中で、酒を飲んでいる。

几帳《きちょう》の陰である。

すでに深夜であった。

几帳の向こうからは、彦麻呂の寝息が聴こえてくる。

しばらく前まで、なかなか寝られずに、寝返りを打っては、寝苦しそうにしていたのがいつの間にか眠ってしまったらしい。

道満は、そこに座して、静かに、悠々と酒を飲んでいる。

昼の間、眠っていたので、夜になったからといって、眠くなることはない。

さらに夜が更けても、何かがおこるわけではなかった。

夜半を過ぎたかと思われる頃——

何かの気配に気づいたか、

「む……」

道満は、瓶子を床に置いて、耳を澄ました。

彦麻呂の寝息が変化して、荒くなっていた。

そして、その寝息に混じり、

「うーむ、うーむ」

という呻《うめ》き声が聞こえてくる。

「来たか……」

つぶやいて、道満は、膝先に置いてあった燈台《とうだい》に灯《ひ》を点《とも》し、それを持って立ちあがった。

几帳の向こうの彦麻呂の枕元まで歩いてゆき、灯《あか》りを掲げた。

彦麻呂が、仰向けになって寝ている。

その上に夜着が掛けられているのだが、ちょうど彦麻呂の夜着の右側が、その下に何かいるらしく、もこりもこりと動いている。

「現れたぞ」

道満が声をあげると、家の中に気配が動いて、ふたり、三人と、手に灯りを持った者たちが集まってきた。

この間《かん》も、眼を閉じたまま、彦麻呂は呻き声をあげている。

皆がそろったところで、

「よいか、見よ」

道満が、しゃがんで、左手で夜着をめくりあげた。

「おう」

と、皆がぎょっとしたような声をあげて、後方へ退《さ》がった。

彦麻呂の右腕に、太い、大きな蛇――青大将が巻きつき、うねうねとくねっていたからである。

そして、その頭を、彦麻呂の右手が、ぎゅうっと固く握りしめていたのである。

この時、彦麻呂はようやく眼を覚まし、皆が集まっているのを見あげ、

「ど、どうしたのじゃ」

声をあげた。

次に自分の右腕に巻きついているものと、握っているものを見て、

「あなや！」

悲鳴をあげていた。

四

「そう言えば、このことが始まる前に、かようのことがございました……」

神妙な面もちで、彦麻呂が語り出したのは、朝になってからであった。

「西京に、女がいることは申しあげましたが、その女のもとに通う途中のことでございます……」

車で出かけた。

牛飼童《うしかいわらわ》がひとりついただけの小人数であった。

途中、車の車輪がどうかしたのか、ごつり、ごつりという妙な音が、尻から伝わってきた。どうにも妙な感触で、彦麻呂は、座っていても落ちつかない。

車を曳《ひ》いている牛を停《と》めさせて、

「どうしたのじゃ」

牛飼童に声をかけた。

すぐに、

「蛇でございます」

様子を見た牛飼童が、そう告げに来た。

「蛇だと？」

「大きな青大将が、右の車輪にからみついて、離れません」

「無理にでも、ひきはがして捨てよ」

彦麻呂はそう言った。

ほどなく――

「だめです。固く巻きついていて、離れようといたしません」

「なんだと⁉」

彦麻呂は、自ら車を降りて、件の車輪を見た。

なるほど、車輪にぐるぐると、大きな蛇が巻きつき、軸に嚙みついて、しかもそのまま死んでしまっているらしい。

どこか、ここへ来るまでの途中で車輪が蛇を踏んで、その時、蛇が巻きついたものらしかった。

それがまた情のこわい蛇で、車輪を締めつけ、嚙みついてきた。

それで、車輪が一回転するたびに、蛇を踏んで、あのような音をたてていたのだと知れた。

彦麻呂の眼の前で、牛飼童が蛇をひきはがそうとしてはいるのだが、よほど固く巻きついているらしく、引きはがせない。

「何をしている。こうじゃ」

　彦麻呂は、牛飼童を押しのけ、自ら右手で蛇の頭を摑《つか》み、車軸からめりめりとひきはがした。だが、よほど強い力で巻きついていたとみえ、車に踏まれていたあたりから蛇の身体がちぎれた。

「ええい、あさましや」

　彦麻呂はようやく、最後の尾までをはずし終え、蛇の死骸はそこに打ち捨てたまま、女のもとへ向かったというのである。

「ははあ、それじゃな」

　道満は言った。

「この蛇は女蛇《めのへび》じゃ」

　道満が、右手を懐に入れ、そこからずるりと太い蛇を引き出した。

　道満の手にぶらさげられて、蛇の身体がくねくねと動く。

　昨夜の蛇であった。

　昨夜、彦麻呂の腕から、蛇をひきはがし、

「これは、この道満がもろうておく」

　そう言って、懐に入れたものであった。

「おおかた、彦麻呂殿の車が轢《ひ》いたのは、この女蛇のつれあいでであったのであろう。自らのつれあいが、轢き殺されるのを見て、こやつは彦麻呂殿に祟りしようと思うたのであろう」

それで、蛇の身体をつかんだ右手に、夜な夜な嚙みついたりしたのであろうと道満は言った。

道満が、懐近くに蛇をもってゆくと、蛇は自ら懐の中に頭を突っ込み、ずるずると中へ入っていった。

この蛇、妙に道満になついてしまったようであった。

「もう、これで、夜に右手を嚙まれることもあるまいよ」

道満は、左手を伸ばし、眼の前にあった瓶子の首をつかんで立ちあがった。

瓶子の首に、紐が掛けてあり、その紐が作った輪の中に、人差し指が差し込まれている。

「では、この酒はもろうてゆく……」

道満は、素足で床を踏みながら、簀子の上へ出て、そこから庭へ降りた。

ゆらり、ゆらりと、道満が歩き出す。

「晴明《せいめい》のところへでもゆくか……」

ぽつりとつぶやいたが、その道満の声は、もう、彦麻呂には届いていない。

道満の背に、朝の陽と、鶯《うぐいす》の声が注《そそ》いでいる。

相人《そうじん》

一

登照《とうしょう》という僧がいる。
花山《かざん》天皇の頃の人というから、安倍晴明《あべのせいめい》とは、ほぼ同時代の人物と言っていい。
ある物語では、相人《そうじん》であったともいう。
相人とは何かというと、人相見である。人の骨相や人相を見て、占いをする。
僧でもあり、人相見――つまり相人でもあるということは矛盾しないので、ここでは
いずれでもあった、ということにしておきたい。
登照の占いは、よく当った。
人の顔の相を見、声を聞き、その翔《ふるまい》を知って、命の長短を相《そう》じ、将来の貧富《ひんぷ》を教え、
官位の高下《こうげ》を教えてやる。
これが、違《たが》うことがなかった。

それで、京中の道俗男女《どうぞくなんにょ》が、登照の僧房に集まってきたという。

ある時、登照、用足しに出かけて、朱雀門《すざくもん》の前を通りかかった。

すると、その下で、大勢の人間が休んでいる。

男女、老少《ろうしょう》の人——というから、老人や子供、男や女や、旅人や僧や牛飼童《うしかいわらわ》まで、何人もの人間が、立ったり、座したり、寝ころんだりしてそこにたむろしている。

夏のことであり、皆は陽差しを避けてそこに集まっている。陽は真上から照っているので、ちょうど門の下だけが、陰になっているのである。

皆が皆、ほっとひと息ついてくつろいでいるのだが、登照は、仏に仕《つか》える者であり、仏教の原理である諸行無常ということをよくわかっている。

人のみならず、生き物という存在は、いつ何時、突然、何が起こって命をなくすかわからない。

そう思って、都大路《みやこおおじ》などを歩いていると、前から歩いてくる人間に、死相があらわれているのを見たりするということも多い。時に、顔を見なくとも、その人の声や、持ちものを見ただけでもそういうことがわかったりする。

その時も、気がついた。

門の下にいる者たちの顔に、死相があらわれているのである。ひとり、ふたりではない。たれの顔にもかれの顔にも、そこにいる全ての人の顔に死相がある。

これは、おかしい。

もしも、この後、盗賊に襲われたり、病《やまい》を患《わずら》ったり、転んで頭を打ったりして死ぬというのなら、死相があらわれているのは、ひとりかふたりくらいのはずだ。それが、そこにいることごとくの人に死相があらわれている。

考えられることはひとつだ。

それは、この人々がここにいる間に、この朱雀門が倒れて崩れ、その下敷になって死ぬという以外に考えられない。

「其《そ》れ見よ。其門《そのもん》倒《たお》れぬるに被打壓《うちおそわれ》て、皆死《みなし》なんとす。疾出《とくい》でよ」

門が倒れて皆死ぬぞ、早く逃げよ——

登照の言葉の権幕《けんまく》に驚いて、わらわらとあわてて門の下から逃げ出す者もいたが、

「何を馬鹿なことを——」

と思って、門の下に残っている者もいた。

逃げてきた者たちと登照が、門からほどよく離れたところまで逃げて振りかえったところで、ふいに、音をたてて朱雀門が倒れ、その下に残っていた者たちのことごとくは押し潰《つぶ》されて死んでしまった。

もちろん、逃げた者たちの顔からは、もう死相は消えている。

このことがあってから、

「いや登照さまの占術の力は、まことに凄いものじゃ」

という評判が都中に広まった。

二

この登照の僧房は、一条の辺《あたり》にあった。

春のころ――

雨が静かにふりたる夜のことであったという。

春の雨である。

音がない。

糸よりも、針よりも細い雨が、柔らかく地上に落ちてくる。

霧のようなものだ。

地や、そこにある石や、生える草に触れはするが、音はしない。松の葉の先や、野萱《のかん》草《ぞう》などの葉先に、その霧のような雨が触れてゆくうちにいつの間にか水の玉が光っているというくらいである。

深更となって、灯《あか》りを消して、もう眠ろうかという時、聴こえてきたのは笛の音《ね》であった。

外の大路を、笛を吹きながら歩く者があるのである。

美しく儚《はかな》い、笛の音であった。

この笛に耳を傾けていた登照、にわかに立ちあがって、弟子の僧を呼んだ。

「此笛《このふえ》吹きて通る者は、たれとは不知《しらね》ども、命極《いのちきわめ》て残り無《な》き音《ね》こそ聞こゆる。彼に告《つ》げばや——」

この笛を吹く者の命はすぐになくなるであろうから、それを教えてやらねばならぬ——

「外へ出て、この笛の主《ぬし》を呼んできなさい」

と、弟子を外へ走らせた。

しかし、この話をしているうちにも、だんだんと笛は遠くなり、笛の主はいずこかへ去ってしまった。

弟子の僧も、慌《あわ》てて外へは出たものの、笛の音《こえ》はすでに聴こえず、件《くだん》の笛の主の姿は、夜のこととて、もう見えない。

登照、夜の床についてからも、笛の主のことが心配である。

あの笛の主はどうなってしまったか。

おそらく、きっと、朝までも命はもつまい……

ところが——

雨がやんだ翌朝、朝の勤《つと》めをしていると、外の一条大路から、また笛の音《ね》が聴こえてきた。

耳を澄ませば、確かに昨夜の笛の主と同じ者が吹いているとわかる。

しかも、昨夜あったはずの死相が、その笛の音にはない。

いったい、何ごとがあったのか。

朝の勤めを止《と》めて、

「此笛《このふえ》を吹きて通る者は、夜前《やぜん》の者にこそ有《あり》ぬれ。其《それ》が奇異《きい》なる事《こと》の有也《あるなり》」

登照は言った。

「たしかに、昨夜の方の笛と思われますが、奇異なる事とはいったい、何事《なにごと》の侍《はべ》るぞ――」

弟子が問う。

「よいから、まずは、笛の主を呼びて来《こ》」

と登照が言うので、弟子の僧は外へ出ていった。

ほどなく、弟子はひとりの漢《おとこ》を連れてもどってきた。

身に帯びているものや、纏《まと》っている衣《きぬ》からすると、侍《さぶらい》のように見えるが、その顔だちやものごしは、どこかやんごとない身分の者のようにも思える。

「あなたは、昨夜、この前を笛を吹きながらお通りになりましたね――」

「確かに通りましたが……」

「その時、耳にした笛には、今にも命がはかなくなりそうな相が満ちておりました。そのことをお伝えしようと、弟子を外へやったのですが、すでに通り過ぎたあとでございました――」

「そのようなことが……」

「ところが、今聴きましたる笛の音には、死の相がまったくございません。いったい、昨夜、どのようなお勤めをなされたのですか」

「いえ、昨夜、わたしはこれといった勤めなど、何もしてはおりませぬ」

「いや、しかし……」

「わたしが昨夜出かけたのは、この先の川崎というところだったのですが、そこで、ある方が普賢講《ふげんこう》を行《おこ》なっておりまして、その時の伽陀《かだ》に合わせて一晩中笛を吹いておりました――」

「ああ、それでしょう。一晩笛を吹いた功徳《くどく》により、普賢菩薩と結縁《けちえん》が成《な》されて、命がのびたのでありましょう」

　登照は、このように言って、

「ありがたや、ありがたや……」

　と、その笛の主に向かって手を合わせたというのである。

三

それから三日ほどたったある日——

登照は、朝堂院《ちょうどういん》に用事があって、宮中まで足を運んだ。

用事のことをすませ、帰る時に、朱雀門をくぐった。

その時——

「登照さま——」

後ろから声をかけられた。

ふり返ると、そこに、白い狩衣《かりぎぬ》姿の漢が立っている。

眼もと涼しく、唇が女のように紅《あか》い。

「陰陽寮《おんみょうりょう》の、安倍晴明と申す者にござります——」

と、その漢が名のった。

名は知っているが、会うのは初めてである。

いや、遠目に何度かその姿は見ているが、声をかけられて挨拶《あいさつ》を交すのははじめてであった。

「おう、晴明さま。お名前は存じあげておりますよ」

「わたしの方こそ、あなたさまのご高名は——」

「何か？」

「五年ほど前、この朱雀門が崩れるのを知って、この下に休んでいた者たちの命をすくいましたね……」

「いや、何人かは、潰されて亡くなりました。わたしのいたらぬところでした」

まだ、晴明が何故《なにゆえ》声をかけてきたのか、登照にはわからない。

「人とは、いつ、どのようなことで儚くなるのかわからぬもの。この晴明とて、例《たとえ》の外《ほか》の者ではござりませぬ……」

晴明は、朱雀門を見あげて言った。

「まことに――」

「で……」

と、晴明は、朱雀門から、登照に視線をもどした。

「本日は、あなたさまがいらっしゃっているというのを耳にいたしましたので、こうして、ここでお待ち申しあげておりました――」

「どのような御用件で？」

「三日ほど前でしたか、あなたさまの僧房の前を、笛を吹きながら通った者がおりませんでしたか……」

「ああ、よく覚えております」

登照はうなずいた。

その晩のことと、翌朝におこったことを、登照は語った。

「それが、何か……」

「その笛を吹いていた漢というのが、実はわたしのよく知っているお方でございまして——」

「ほう、どなたかな——」

「三位《さんみ》、源《みなもとの》博雅《ひろまさ》さま」

晴明、ここでは、博雅にさまをつけている。

「おう、あの笛の上手《じょうず》と言われるお方でございますね。それならば、あのような音色《ねいろ》の笛を吹くというのもうなずけます。しかし、わたしを呼びとめたのは、それを言うためですか——」

「いいえ。用件は、これからです」

「では、その用件をうかがいましょう」

「実は、昨夜のことでございまするが、わが屋敷にて、博雅さまと酒を酌《く》みかわしました——」

「ほう……？」

「ちょうど、庭の桃が咲きはじめた時で、桃の花でも愛《め》でながら杯でもかわそうかということで、博雅さま、我が屋敷までおいでになられたのです――」

「それで――」

「酒を酌みかわしているうちに、わたしは、あることに気づきました」

「どのような……？」

「博雅さま、いったん何かに憑《つ》かれ――いえ、呪《のろ》われたというか、悪しきものがしばらくそのお身体に憑いていたようなのですが、会《お》うた時は、それが、もう抜け落ちたあとでござりました――」

「そういうことが、わかるのですか」

「わかります」

「で？」

「何かござりましたかと、お訊《たず》ねしたのでござります」

それで、三日前の晩のことを、晴明は知ったのだという。

四

「まあ、そういうことがあったのだよ、晴明――」

博雅は、酒の入った杯を、口に運ぶ途中で止めて、そう言った。

「で、その時声をかけてくれたというのが、五年前、朱雀門の倒れるのを知って、皆を助けたあの登照さまであったということさ……」

「しかし、博雅よ、おまえ、どうしてその晩、川崎まで普賢講のために出かけていったのだ――」

晴明が問えば、博雅は、

「一度、あの伽陀に合わせて笛を吹いてみたいと、かねてより思うていたのだよ。しかし黒袍《くろほう》などを着て、供の者など連れてゆけば、何やら大袈裟《おおげさ》になって、面倒なことになりそうだったのでな、侍《さぶらい》のなりをして出かけていったのさ――」

「しかし、おまえが川崎へ出かけたというその日の昼に、おれはおまえとここで会うて、酒を飲んでいたではないか。その時は、おまえの顔に死相などは出てはいなかったが……」

「ならば、その後、出たのであろう」

「しかし、たった半日だぞ」

「うむ」

「このおれがわからなんだことに、登照さまが気づかれたということになるが……」

「いかんのか」

「いや、いけなくはないが、しかし……」

「よいではないか」

博雅は、そう言って、止めていた杯を口まで運んで、酒をようやく口にした。

「おまえは、特別だからな」

博雅が、杯を唇からはなすのを待って、晴明は言った。

「なんだ、特別というのは?」

「自然《じねん》のものだということさ」

「自然?」

「ああ」

「なんだか、晴明よ、おまえ、おれをからかってはいないか」

「いないいない、誉《ほ》めておるのさ」

「ふうん……」

「いずれにしろ、おりをみて、会うておこうよ」

「会う?」

「うむ」

「たれとじゃ」

「だから、その登照さまと、一度な……」

五

「そういうわけで、本日、この門で、登照さまに、お声をかけさせていただいたのでございます」

晴明は言った。

「ははあ――」

登照はうなずき、晴明を見た。

ふたりの頭上には、朱雀門がそびえている。

「で、どうでございました?」

登照が訊ねてきた。

「何がでしょう」

「実際にこのわたしに会うて、いかがでございましたかと――」

「うーん」

晴明にしては珍らしく、思案気な表情を作った。

「少々弱っております……」

「何を弱っているのですか」

問われて晴明、少し口をつぐみ、何ごとか決心した様子で、

「それを申しあげる前に、試しておきたきことが、ひとつ、ござります」

そう言った。

「何なりと、お試しくだされてかまいませぬよ——」

「実は、申しわけなかったのですが、もう、試させていただいているのです」

「何をでしょう」

その問《とい》には、晴明は答えず、

「実は、源博雅さま、あの方は自然《じねん》のもの、自然の方にござります」

そう言った。

「自然?」

「たとえば、そこらにある花や、石や、樹や、そういうものがこの天地の間にあるのと同じあり方で、この世にあるということです——」

「ほう——」

「石や樹に、死相の浮かびようがないのと同様に、そういうこととは無縁のものでござります」

「と言いますと?」

「たとえ、そのようなものが、あの方の身にあらわれようと、神や菩薩の力を借りずとも、自ら笛を吹くだけで、死相などというものは消えてしまいます。これは、あの方が死なぬ方であるというのとは違います……」

「わかりますよ、もちろん、晴明さまの言われていることは――」

「さきほどわたしは、すでにそのことは試させていただいていると申しあげました――」

「はい」

「しかし、まだ、それを確かめておりません……」

「確かめる？」

「わたしの考えたことが、あたっているのかどうか――」

「どういうことでしょう」

「お待ち下さい」

晴明は、懐《ふところ》へ右手を入れて、一本の、細い針を取り出した。

「それは？」

「針魔《はりま》の針にござります」

「それが、何か？」

「この針に、手でお触れいただくか、頸《くび》のあたりの汗を、ほんの少しばかりつけていただくということはできますか――」

「できますとも」

登照は、針に右手の指で触れ、

「これでよろしゅうござりますか」

晴明を見た。

「はい」

晴明は、その針を右手から左の掌《たなごころ》の上にのせ、また、右手を懐へ入れた。

右手が出てきた時、その指に、一枚の紙片がつままれていた。紙でできた人形《ひとがた》であった。

その人形に、赤い糸で一本の髪が結ばれていた。さらに、人形の胸のあたりに、黒い染《し》みが浮いている。

「それは？」

「わたしの髪です……」

「髪？　あなたの……」

はじめて、登照の顔に、怪訝《けげん》そうな表情が浮いた。

「はい」

晴明がうなずく。

「どういうことでしょう」

「わたしは先ほど、すでに試してはいるが、まだ結果はわからぬと申しあげました」

「その結果が、出たのですか」

「はい。残念ながら――」

「残念ながらというのは……それは、わたしにとってということでしょうか……」

「たいへん心苦しいのですが……」

「どうか、御説明を……」

　晴明は、あさく息を吐き、覚悟を決めたように口を開いた。

「この、人形《ひとがた》の胸のあたりにある黒い染みは、わたしが付けた自らの血です。さきほどまでは、赤かったのですが、今はごらんの通り黒くなっております……」

「はい……」

　うなずく登照の顔に、だんだんと不安の色が濃くなってゆく。

「この黒は、言うなれば、死相です――」

「死相？」

「本来なれば、わたしの顔にあらわれるべきものなのですが、それを、この人形が受けて、かわりにこうなったのです……」

「それは、つまり……」

「たれかが、わたしのことを、呪ったか、死ぬように願ったか……」

「それは……」

「人は、おのれも知らぬうちに、人を呪ったりいたします。ある女は、本人が望んでいないのに生霊《いきりょう》となって、他の女を憑《と》り殺そうといたしました。本人さえ、気づかぬうちに……」

「そ……」

「さきほど、わたしは言いました。この晴明でさえ、いつ死ぬかわからぬ身であると――」

晴明がそこまで言った時、晴明の左の掌《たなごころ》の上にあった針が、ふっ、と飛び出して、晴明が右手に持った人形の胸のあたりにふっつりと刺さった。

「あっ」

と、登照が声をあげた。

その後、沈黙があった。

長い沈黙のあと、

「わたしだったのですね……」

登照がつぶやいた。

「わたしだったのですね。みんな、わたしだったのですね。この朱雀門を倒したのも。今針を飛ばしたのも、わたしがやったのですね。気づかぬうちに……」

「――」

「そういうことだったのですね。五年前、ここを通りかかった時、わたしは、世の無常ということを思うておりました。ここにいる者たちも、いつかは皆死ぬのだと。それで、この下で休む者たち皆の顔に、わたしが勝手に死相を見たのですね。その自らの占いを、現実のものにするために、この朱雀門をわたしが……」

「――」

「博雅さまの笛の時も、勝手に世の無常を思い、この笛を吹くお方も、いつかは死ぬのであろうと思い、それで、笛の音《ね》に死相を。今は今で、晴明さまの言葉につられて、わたしは、あなたの死ぬことを思うてしまった。それで、死相が、人形《ひとがた》に……」

晴明は答えない。

ただ、黙って、登照の言う言葉を聴いている。

「今、飛んだ針は、この朱雀門が崩落したのと、同じ意味のことだったのですね。みんな、わたしが……」

「あなたさまが、自らのお心でなされたことではありませぬ。登照さま……」

「晴明さま、わたしはどうしたら……」

「わたしにもわかりません。この晴明は、登照さまがどうしたらよいのかなどと、申しあげられるような人間ではござりませぬ。このわたしもまた、川に浮かぶ、泡《うたかた》のひとつにござりますれば……」

「このこと、どこかで口外するつもりはござりませぬ。ずっと、この晴明の胸の裡《うち》にしもうておきまする故《ゆえ》……」

「ああ……」

そこまで言ったら、もう、晴明に言うべき言葉はなかった。

頭を下げてから、静かに、晴明はその場を立ち去った。

登照は、いつまでもその場に立ち尽くしていた。

六

登照は、それから、三日後、自らの眼を針で突いて、盲《めしい》となった。

その理由を、登照は語らなかった。

それからも、あいかわらず、登照の僧房には多くの者が訪《たず》ねてきたが、以来、一度も、登照は人の相について語ることはなかった。

登照、晴明より、長く生きた。

享年《きょうねん》、八十五――

塔《とう》

一

蟬《せみ》の声がしきりである。

晴明《せいめい》屋敷の庭にある桜、松、楓《かえで》、あらゆる樹の梢《こずえ》から、蟬の声が降ってくるのである。

その声を聴きながら、晴明と博雅《ひろまさ》は、酒を飲んでいる。

簀子《すのこ》の上の円座《わらざ》に胡座《こざ》しているのは、博雅である。

晴明は、柱の一本に背をあずけ、片膝を立て、白い狩衣《かりぎぬ》に身を包み、左手の白い指先で杯を持ちあげて、それを、紅《あか》い唇に運《と》ぼうとしているところだ。

途中で、晴明がその手の動きを止めたのは、博雅が溜め息をついたからである。

「どうした、博雅——」

問うてから、晴明は、杯を口に運んで、中の酒を干した。

膳《ぜん》の上にもどってきた杯に、瓶子《へいし》から酒を注《つ》いでいるのは、蜜虫《みつむし》ではない。

歳《とし》の頃なら、十四、五歳の男の子――少年のように見える露子《つゆこ》姫《ひめ》であった。

黒い瞳がくるくるとよく動く、若い娘である。

十八歳――

従三位《じゅさんみ》橘実之《たちばなのさねゆき》の娘だ。

すでにいずれかに嫁《か》していてもおかしくない齢《とし》であるのに、眉も抜《ぬ》いていなければ、歯も染めていない。晴明のように白い狩衣を男のように着て、髪を頭の後ろで束《たば》ね、赤い紐《ひも》で結んでいる。

美しい。

蟲《むし》が好きで、屋敷のあちこちで蟲を飼っている。

父である実之としては、蟲のことより、はやくなんとかなって欲しい。

けら男《お》。

ひき麿《まろ》。

いなご麿。

雨彦。

四人の少年たちに、珍らしい生き物を捕えさせては、それを飼い、名のないものには自分で名をつけて、絵師にその絵を描かせて、その〝生態日記〟のようなものまで作っている。

それが、蟇《ひき》や蛇の類《たぐい》、魚の類にまで及んでいる。

烏毛虫《かわむし》——いわゆる毛虫、イモ虫まで飼っている。

しかし——

「ねえ、露子や、おまえも、もう充分な歳頃だ。おまえが宮中におつとめすることは、もうあきらめたが、やんごとない方に通われて、その方のお子を、もう何人か生んでいてもおかしくないのだがね——」

娘に小言《こごと》を言う。

「烏毛虫のような、気持ちの悪いものより、世間というのは、美しい蝶を好むものなのだよ」

「あら、お父さま。その美しい蝶は、烏毛虫から生まれるのよ。それに、烏毛虫だって、充分に美しいものよ」

「しかしねえ、露子や、女の幸せというのは、よき家の、どのようなお立ち場の男の方の子を生むかということで決まってくるものだからねえ——」

「それは、お父さまが、なにかにだまされているのよ。女の幸せなんてもの、どこにもないのよ。あるとすれば、女の幸せじゃあなくて、わたしの幸せなんだから。お父さまの言う女の幸せが、わたしの幸せと同じだなんて、どうか思わないで下さいな」

このような会話が、月に一度は、父と娘の間でかわされているのである。

「ねえ露子や、親の贔屓目《ひいきめ》で言うのじゃないけれど、おまえの見目《みめ》は、普通の女性よりずっと優《すぐ》れているのだけどねえ」

「わたしはわたし。むしが好きで、草の上を走るのが好き。御簾《みす》の向こうで、なよなよしてるだけなんて、まっぴらだわ。こういうわたしのことを、そのまま好きと言って下さる方がいるのならともかく、どなたかの子を生むために、わたしがわたしでなくなるのなら、一生このままでもいいの——」

この露子姫が、晴明と博雅になついて、時おり遊びに来ては、蜜虫にかわって、ふたりの酒の相手をしてゆくのである。

露子姫の注ぐ酒が、杯に満たされるのを待ってから、

「この頃、思うところがあってなあ、晴明よ——」

博雅は言った。

「思うところ？」

晴明が、満たされた杯を手に取る。

わずかに、微風がある。

「うむ」

「何なのだ」

「いや、今聴こえている、この蟬の声なのだがな……」

言ってから、博雅は小さく首を振った。

「いやいや、蟬の声でなくともいいのだ。あの桜でも、この風でも……」

飲もうとして持ちあげた、博雅の杯が、途中で止まっている。

「風?」

「いや、蟬でよい。たとえば、今鳴いているこの蟬……」

樹の梢から落ちてくる蟬の声を、その眼でさぐろうとするかのように、博雅は視線を庭へ向けた。

「みぬみぬ蟬ね」

露子が言った。

「ほう、みぬみぬ蟬か――」

晴明がつぶやく。

「いつも、見ん見ん――見ぬ見ぬと鳴いているので、みぬみぬ蟬」

露子は、蟬でも、蝶でも、ただ蝶とか蟬とか呼ばずに、自分で名前をつける。この天地の事象のまだ名のないものに名をつけてゆく。晴明風に言えば、呪《しゅ》をかけてゆくのを楽しんでいる。

「同じ桜で一緒に鳴いているのが、ぎりぎり蟬。このぎりぎり蟬は、地面の中で六年過ごして、地上では七日か、長くて半月ほど生きて死んでしまうのよ……」

「ほう……」

「どの蟬も、鳴くのは男の蟬ね」

「女の蟬は、鳴かないのだね」

「ええ」

「では、男の蟬は、どうしてあのように鳴くのだろうね」

「たぶん、女の蟬を呼んでいるのだと思うわ——」

「あのように、一日中？」

「ええ」

露子がうなずいた時、博雅はまた溜め息をつき、

「ああ、まさに、そのことなのだよ。おれが今心に懸《か》けていたのは……」

博雅はそう言って、飲まぬまま、杯を膳の上にもどした。

晴明が、問うまでもなく、博雅は、続けて次のような歌を口にした。

空蟬《うつせみ》のからは木ごとにとゞむれど
たまのゆくへを見ぬぞかなしき

「『古今集』のな、詠みびと知らずの歌じゃ……」

晴明が、黙って杯を持ちあげたのは、博雅にそのまましゃべらせるためである。

「人も、いや、人に限らずこの天地にあるものは、皆、この空蟬のようなものではないのかと思うてな。生まれて、死ぬ。それがこの天地の理《ことわり》であるとは承知しているのだが、生きている間に、人はどれほどのことがなせるのかと思うてなあ。おれが笛を吹くのも、あの蟬が鳴くのも、同じようなものであろう。それを、繰り返し、繰り返し、空蟬を残して、この世を去ってゆく。どんなによい衣《きぬ》を身に纏《まと》おうと、いずれはその衣装を残して、人は去ってゆく。それがなんだか淋しいような、いや、蟬と同じであるというそのことが、逆にまたありがたいような、なんだかよくわからない心もちになって、おれは、しみじみとしてしまったのだよ、晴明よ……」

晴明は、酒を無言で干し、杯を置いた。

「どうした?」

博雅が訊《たず》ねた。

「何がだ」

「いつもは、おれがこういうことを言うと、おまえは、何やらからかうようなことを口にするではないか。おれは、だから、身構えて待っていたというのに……」

「言うてほしかったのか」

「いや。いやいやいや、そういうわけではない」

博雅は、杯を手にして、酒を飲んだ。

空になったふたつの杯に、露子が、酒を注《そそ》ぐ。

「しかし、そういうことであれば、おれなどより仏門の方《かた》にでも訊ねてみればよいではないか――」

「仏門の？」

「ああ。今日は、ここへ、玄珍《げんちん》和尚が顔を出すことになっている」

「比叡山《ひえいざん》の？」

「そうさ。何やら相談ごとがあるというのでな。本日は源《みなもとの》博雅さまがおいでてでござりますが、よろしゅうござりますかと伝えたのだが、それでもかまわぬというのでな――」

「どのような相談じゃ」

「この頃、奇妙な夢を見るというのさ。その夢を占うてくれというのさ」

「夢？」

「ああ。昔見た夢の人物が、この頃毎夜のように夢に出てきては、和尚に、約定《やくじょう》をはたせと訴《うった》えてゆくらしい……」

「昔の夢――訴える、とな……」

「そうさ」

「どういうことだ」

「まあ、御本人の口から聞けばよい。どうやら、玄珍殿、おいでになられたようだからな……」

庭に姿を見せた蜜虫を見て、晴明は言った。

二

玄珍僧都《そうず》は、比叡山の僧である。

齢《よわい》は、重ねて六十六。

もともとは平政常《たいらのまさつね》という名の武士であった。

それが、十五年前、思うところがあって、妻子を残して仏門に入ってしまったのである。

その玄珍——この頃、妙な夢を見るというのである。夢の中に、男が出てくるというのである。

胴《どう》に黒い鎧《よろい》をあてた人物で、

「どうぞ、お約束を果たしてくだされませ」

と、玄珍に言うのである。

剣こそ身に帯びていないが、兵士のようである。

両の眉が長く伸びており、顎《あご》がいかつく四角張っている。

「我らをこの苦役《くえき》から解き放ってくだされ」

真剣な顔で言う。

その表情は、疲れ果てており、いまにも死にそうである。

考えてみたが、どこかで会ったような顔でもあり、そうでもないようにも思える。約束と言っても、どのような約束か——

考えてもわからない。

どうせ、夢のことだと思っていたのだが、それが、二度、三度、四度となってくると、これは何かあるのかと思うようになった。

それで、五度目の時に、夢の中で訊ねた。

「何度も夢に出てくるが、そなたは、名は何と申されるのか——」

「名は、ござらぬ」

「名はない？」

「ございませぬ。我らは皆、兵士でございますが、ひとりひとりに名はないのでございます」

「我ら？」

と口にしてみて、ふいにわかった。

ひとりと思っていたのだが、その男の背後に、同じ顔をした者たちが、累々《るいるい》と連《つら》なって並んでいる。

その数、数百、数千、数万……

いずれも胴に黒い鎧をあてている。

「昔の約定と申されるが、いったい、いつどのような約束を――」

「十五年前、広隆寺《こうりゅうじ》で……」

言われた途端、玄珍は、

「あっ」

と、声をあげた。

その男が、何のことを言っているのか、みんな思い出したからである。

眼が覚めていた。

三

玄珍――つまり、平政常は、平貞盛《さだもり》の家来であった。

天慶《てんぎょう》三年、将門《まさかど》の乱のおり、貞盛に従ってこれを制圧し、さらに同じ年、政常は西国に入り、純友《すみとも》の乱の鎮圧《ちんあつ》のため働いて、翌天慶四年にこれも制圧した。

この功《こう》によって、主《あるじ》の貞盛は従五位上《じゅごいのじょう》に叙《じょ》せられ、政常もまた出世をしたのだが、気《き》鬱《うつ》の病《やまい》を患《わずら》った。

ふたつの戦《いくさ》以来、どうにも心が晴れることがない。

もともと、心の優しい人物であったのだが、力が強かった。根が真面目で、戦となった時は、主のために力の限りを尽くして戦い、心ならずも多くの人の命を奪った。たまたま敵と味方となったが、将門は同じ平一門の者であり、あちらにはあちらの言い分があろう。純友にしても、それなりに考えるところがあったであろうという考えも思いもある。しかし、いったん敵と味方に分かれたからは、その正義やその是非《ぜひ》を問うても詮《せん》ないこととわかっている。

戦では、ただただ、主の命ずるままに、懸命《けんめい》に命を賭《と》して働くしかない。

とはいえ、殺しすぎた。

弓で人を射れば、矢がぶっつりと人の肉と骨を貫く感触がわかる。刀で殺す時はなおさらだ。

死んだ者も、自分と同じだ。

家には、妻も子もあったろう。ただただ、あちらも主のために戦った。たまたま自分は生き残っただけで、ことによったら死んでいたのは自分であったかもしれない。

そういうことを考えているうちに、気鬱となってしまったのだ。

この上は、仏像でも彫って、自分が殺したものの供養にしようと、一年がかりで文殊《もんじゅ》菩薩《ぼさつ》を彫って、これを太秦《うずまさ》の広隆寺に奉納した。

これが十五年前であった。

そのおり、広隆寺の庫裏《くり》に泊まった。

その晩に、夢を見たのである。

夢の中で、政常は、どことも知れぬ草原《くさのはら》に立っていた。

その草原の真ん中に、塔が立っている。

石でできた塔である。

かなりの高さがある。

教王護国寺《きょうおうごこくじ》の五重の塔なら、これまでに何度も見たことがあるが、それよりもさらに高い。倍以上はあるであろうか。しかも、その塔は、まだ成長を続けているのである。

見れば何百人、何千人、何万人という人が、肩に石を担《かつ》いで、その塔に登ってゆき、頂《いただき》に石を置いてゆくのである。

いずれのものかはわからないが、石を担いで塔を登ってゆくのは、皆、黒い鎧を胴にあてている。

その人数が、広い草原の地平の端から端まで、連なっているのである。

そして、その周囲で、石を積む作業をしている人間たちを見張っているのは、胴に赤い鎧をあてている兵たちであった。赤い胴あてをしている兵たちは、腰に剣を下げてお

り、中には、その剣を抜いて、

「さあ、もっと急いで石を運ぶのじゃ」

黒い鎧を身につけた兵たちを脅《おど》している者もいるのである。

黒い鎧を身につけた兵たちは、丸腰であり、剣を持った赤い鎧を身につけた兵たちに従うほかはない。

いったい、この高さの塔を作るのに、どれだけの時がかかるのであろうか。

考えただけでも、気が遠くなりそうである。

と——

どん、
と、後ろから政常にぶつかってきた者がいた。

草の上に、ごろり、と大きな石が転がって、その横に、黒い鎧を身につけた兵が倒れてきた。

石をどこからか運んできた兵が、その重さによろめいて、政常にぶつかったはずみに石を取り落として、疲れのため、そこに倒れ込んでしまったものらしい。

「どうなされました。大丈夫ですか」

政常が、倒れた兵を抱えおこした。

「だいじょうぶです」

政常に支えられ、その兵はやっと立ちあがった。

見れば、両の眉毛が異様に長く、そして、顎《あご》が四角く、いかつい。

「あなた方は、いったいここで何を作っているのです？」

政常は訊ねた。

「塔であります」

その兵は、哀しげな顔でつぶやいた。

「塔？」

「あそこに見えているあの塔を作っているのです」

「いったい何のためにあのような塔を？」

「それが、わかりません」

「え、わからない」

「その通りであります」

「何だかわからないものを作っているのですか——」

「いえ、作っているのではなく、作らされているのです」

「作らされて？」

「ええ。わたしたちは、あの、赤い鎧を着ている兵の国との戦に敗《やぶ》れ、あの兵たちに使われているのです」

「そうでしたか──」

「いずれ、あと三年もすれば、塔はできあがるはずです──」

「おう、そうなれば、もうこの仕事をやめて、自由の身になれるのですか──」

「それが、そうではないのであります」

兵は、そう言って、さめざめと涙を流した。

「なんで、あなたはそのように泣くのですか？」

「今も申しあげましたが、あの塔は、あと三年ほどでできあがるでしょう……」

「それが、何故《なにゆえ》、泣くのです」

「あの塔ができあがったら、今度はまた、あの塔を壊すのです」

「壊す、って……」

「できあがると、いつも、あの赤い鎧を着た兵たちが言うのです──」

「なんと？」

「さあ、皆々よ、できあがったこの塔から、次は石を運び去って、ここをまたただの草原にもどすのじゃ──と……」

「石を運び去る？　もとの草原にもどすって……」

「今、口にした通りであります」

「どうして、何故、できあがった塔を、また壊さねばならないのですか──」

「それが、我々の運命だからです」

「運命？」

「百年ほども前、あの赤い鎧を着た者たちの国と、我らの国が戦って、我々が負けたからです。彼らは、我々を拷問し、絶望させるために、あの塔を作っては壊すという作業を繰り返させるのです……」

「なんと……」

「初めてあの塔ができあがった時、我々は喜びました。いくら、戦に負けて、奴隷《どれい》の身として苦役させられたとしても、何かができあがるというのは何ものにもかえがたい喜びだからです。塔ができるまで、七年、その苦労もむくわれたと思いました。しかし、それをまた壊せと命ぜられた時は……」

　そう言って、顎のいかつい男は、はらはらと涙を流した。

「作るのに七年、壊すのに七年。壊したらまた、塔を同じ場所に作り、できあがったらまた、それを壊す。我らはそれを、もう、この百年、繰り返し続けているのでございます……」

「なんとも、それはまた……」

　顎の四角い男に同情しつつも、政常はまたこのようにも思った。

〝……しかし、この世の人もまた、いずれはこの黒い鎧を着た兵たちのようなものなのではないか。毎日、人は、何ごとかをなさんと仕事をし続けているが、それが本当に完成することはあるのであろうか。完成したとて、それで、一生は終りではない。また、同じようなことを繰り返し、繰り返し、繰り返し続けているのが、今の我々ではなかろうか――〃

と。

なんと、この世は空《むな》しいのか。

ならば――

「出家して、僧としてこの空しき世を生きてゆこうか……」

思わず、そうつぶやいていた。

「ああ、あなたさまは、出家して、僧になるのですか。それならば、お願いがございます。もしも、僧になって、それなりに徳を積みあげましたら、わたしたちのこの苦役が、いつか終るように、御仏《みほとけ》に祈ってはいただけませぬか――」

「おう、もちろん……」

そうつぶやいたところで、朝になって眼が覚めていたというのである。

四

「そのようなことが、あったのでござります――」

やってきた玄珍僧都は、簀子に座して、晴明と博雅に、ひと通りのことを語った。

露子も、ふたりの後ろに座して、玄珍の話を聞いた。

従三位の父を持つやんごとなき筋の娘で、本来なれば御簾の向こうにあって、めったに素顔など他人に見せぬところなのだが、露子はそういうことに少しもかまわない。

「で、そのことに気がつかれたのが……」

晴明が訊ねると、

「昨夜の夢の中でのことでございました」

玄珍が答えた。

晴明は、何やら考える風で、しばらく沈黙していたのだが、

「お話をうかがったところ、すでにこの話は、幾つかの呪《しゅ》——いえ、幾つかの縁《えん》で結ばれているようでございますね……」

そう言った。

「幾つかの、縁でございますか——」

「ええ。まだ、この晴明にも真相はわかりかねますが、明日にでも広隆寺へ、一緒に足を運ぶことにいたしましょう」

「広隆寺へ？」

「ええ。広隆寺にゆけば、諸々のこと、つまびらかになると思います——」

「はい……」

「十五年前、あなたさまが広隆寺に奉納されたのが、手ずから彫りあげた文殊菩薩の像で、戦で亡くなった者たちへの供養であるとか――」

「その通りです」

「たしか、比叡山には、大威徳明王《だいいとくみようおう》の立派な像があったはずですが……」

「ござります」

「なれば、今日はおもどりになって、その大威徳明王の前に護摩壇《ごまだん》を組んで、そこで火を燃やしながら、大威徳明王の真言《しんごん》オン・シュチリ・キャラロハ・ウン・ケン・ソワカを唱えながら、ひと晩、あの黒い鎧をつけた者たちを救いたまえと祈念して、夜が明けましたら、その足で広隆寺までおいで下さい。我々もあなたさまがお着きになる頃を見はからって、広隆寺までまいりましょう――」

「は、はい……」

何が何やらまだよくわからない様子ながら、玄珍はうなずいた。

「ことによったら、大威徳明王の霊験《れいげん》あらたかで、我々がゆくまでに、事は済んでしまっていることもあるかもしれません。その時は、その結果を見物しに来たということで、よいかもしれません」

「わかりました」

奇妙な夢のことで、晴明を訪ねた以上は、わけがわからなくとも、晴明の言う通りにするしかないと、玄珍も覚悟を決めた様子でうなずいていた。

五

わけがわからないのは、博雅も同じである。

玄珍が帰ってから、

「おい晴明よ、これはいったいどういうことなのか、おれにもわかるように教えてくれ――」

博雅は言った。

「言うてしまっては、おもしろうない。それに、おれにもまだわかっていないことが多くてな……」

「縁だとか、呪だとか言うていたな」

「ああ、呪も縁も、似たようなものだからな――」

「呪の話を聞かねばならぬのか――」

「今、ここで説明せよと言うのならな」

「むむ……」

「まあ、明日、ゆけばわかるだろう」

「わかるって、まさか、明日、おれもおまえと一緒に――」

「ゆくのさ」

「なに」

「我々がゆくまでにと、さっき玄珍どのに言うたのを聞いていなかったのか――」

「我々？」

「我々というのは、つまり、おまえも含んでのことだ」

「おれも？」

「どうだ、ゆくか」

「う、うむ」

「では、ゆこう」

晴明が言った時、

「わたしも――」

露子が言った。

「ねえ、晴明さま、さっき我々もとお口になさった時、わたしの方をごらんになったでしょう。我々の中には、この露子も入っているのでしょう」

「では、露子姫も一緒にゆこうか――」

晴明が言った。

「まいります」

露子が、嬉しそうに頰を赤く染めて言った。

「ゆこう」

「ゆこう」

そういうことになったのであった。

六

晴明と博雅、そして露子が広隆寺に着いた時、ちょうど山門の下に玄珍の姿があった。

すでに晴明は、蜜虫をやって、自分たちがやってくることを、広隆寺に告げてあった。

山門まで、四人をむかえに出ていたのは、仙朝《せんちょう》という僧であった。

この仙朝、十五年前に玄珍がやってきた時に、その面倒を見た僧で、晴明とも、広沢《ひろさわ》の寛朝僧正《かんちょうそうじょう》を通じて知りあいであった。

「これはこれは、博雅さま、晴明さま、それに玄珍さま、ようこそのおいで――」

言いながら、仙朝は、露子を見やった。

男の子《おのこ》であるのか、女の子《めこ》であるのか、判断に迷っている様子のところへ、

「露子よ」

露子が明るい声で言った。

その名を耳にして、すぐに仙朝はそこにいる人間が誰であるかわかったようであった。

「ああ、それでは、あの橘実之さまの御娘《おんむすめ》のむしめづる——」

「露子姫ですよ」

晴明が言った。

「それはそれは——」

仙朝はくったくなく笑みを浮かべ、

「初めておめもじいたしましたが、まるで、うちの弥勒《みろく》像が笑《わろ》うたかのようなお顔をしてござりまするな。いや、この笑顔を見るためであったら、御仏であれ、邪鬼であれ、だれでも何でもしてさしあげたくなるような……」

露子に向かって、軽く手を合わせた。

「まあ——」

と、露子が頰を染めたところで、中の様子をうかがった晴明が、

「何やら騒がしそうですね」

つぶやいた。

「はい。せっかくおいでいただいて、まだお話もうかがっていませんのに、こちらのことで恐縮ですが、今朝がたちょっとした騒ぎがござりまして——」

「どのような騒ぎです」

「当寺では、毎年、牛祭りという儀式がございますが——」

牛祭り——

毎年、広隆寺で行なわれてきた、大酒《おおさけ》神社の祭礼である。

牛に乗った摩多羅神《またらじん》が、赤鬼や青鬼などの四天王を従えてゆく、秋の祭りだ。

「そのおり、摩多羅神の乗る牛を、当寺で飼っているのでございまするが、その牛が今朝がた逃げ出したのでございます——」

「ほう!?」

「はい。たいしたことはなかったのですが、ただ、寺の庫裏の裏手にある蟻塚《ありづか》を、その牛が踏みこわしまして——」

「庫裏の裏の、蟻塚を?」

「ええ——」

「牛が?」

「はい」

仙朝がうなずく。

「玄珍さま、昨夜の祈念の験《しるし》があったようですよ」

晴明が言う。

「験《しるし》!?」

「ええ」

晴明がうなずくのを見ても、まだ、玄珍には何がなにやらわからない。

しかし、わからないのは仙朝も博雅も同じだ。

「おい、晴明、おまえにはいったい何がわかったというのだ。わかっているのなら、教えてくれ――」

「いや、博雅さま、牛ということで、験《しるし》があったとはわかりましたが、しかし、全てがわかったわけではござりませぬ。ともかく、その場を見せていただいてからということでいかがですか――」

晴明は、そう言い終えると、仙朝を見やって、

「その庫裏の裏まで、御案内いただけましょうか――」

そう言った。

「もちろんです」

仙朝は、一同をうながし、先頭になって歩き出した。

本堂の横を通り、仙朝が、建物の裏手へ回り込んでゆく。

それに、晴明たちがついてゆくと、やがて――

「こちらです」

仙朝が立ち止まったのは、ちょうど庫裏の裏側で、そこに、土と砂の小山のようなも

のがあった。

小山と言っても、人の脛《すね》くらいの高さの、泥の塊《かたま》りのようなものだ。

その四方に杭《くい》が打ってあり、その杭から杭へと縄で結んで中央の土くれを囲んでいるらしい。

しかし、杭の二本は傾き、縄もきちんと土くれを囲んでいるわけではない。本来はちゃんとしていたものを、牛がここへ暴《あば》れ込んで、そんな風にしてしまったものらしい。

「ここには、百年ほど前から人の背丈くらいの蟻塚があって、それが、七年ごとに、大きくなったり、小さくなったりしていたのでござります。普通、蟻というのは、そのような大きな塚を作りません。それが珍らしく、また、それが大きくなったり小さくなったりするのがおもしろく、何やら不思議な気がするので、七十年ほど前から、人が触れたりするのを避けようと、こうして囲うようになったのでござります――」

「さきほど、百年前からとおっしゃってましたが、その頃、何かあったのですか――」

「戦ですよ」

「戦？」

「百年前、ちょうど、このあたりで、蟻と蟻との大きな戦がござりましてな。もちろん、百年前のこととて、それを見た者はすでにおりませぬが、そのように伝え聞いております。それによりますと、おそろしいほどの数の蟻が、ここで相争い、どうやら、一方が勝ったらしいのですが、以来、ここに蟻塚ができるようになったのでございます」

「七年おきに、塚ができ、それが壊されて……」

博雅が言う。

「はい」

仙朝がうなずいた時――

「大黒蟻《おおぐろあり》と、赤胸蟻《あかむねあり》ね」

地面を眺めていた露子姫が言った。

「わかるのかい」

晴明が訊ねる。

「ええ。普通に黒いのが大黒蟻で、胴のあたりが赤いのが赤胸蟻――」

どうやら、露子は、自分でその二種類の蟻のことを、そう名づけているらしい。

見れば、確かに、牛が踏み壊したという塚のあたりで、その二種の蟻が、右往左往している。

「これは、つまり、この二種の蟻が、玄珍どのの話の中にあった、黒い鎧の人物と、赤い鎧の人物ということか――」

博雅が言う。

「赤胸蟻は、時々、塚を作るのよ。巣穴を掘った時、掘った土を巣の近くに積みあげるの。でも、そんなに大きなものじゃないわ。それに、もうひとつ……」

「なんだね」

「赤胸蟻は、狩りをするのよ」

「狩り？」

「別の蟻と闘って、その蟻を奴隷にして働かせるのよ……」

言ってから、露子は、ちらりと玄珍を見あげた。

「おう、なんと……」

玄珍は、そう言った後、続ける言葉を失って、ただ、そこに立ち尽くした。

七

すでに、日は暮れかけている。

西の空に、ほんのりと明りが残ってはいるが、晴明の庭には、もう夜の暗がりが、潮のように満ちはじめている。

灯火を点《とも》し、晴明と博雅は、簀子《すのこ》の上に座して、酒を飲んでいる。

ふたりの横で、酌《しゃく》をしているのは露子であった。

ヒグラシは、すでに鳴きやんで、池の近くに、蛍の灯《あか》りが、ふたつ、みっつ、動いている。

「なあ、晴明よ、教えてくれ――」

博雅が、酒の入った杯を持って言う。

「なんだ、博雅」

「おまえ、いったいどこまでわかっていたのだ」

「わかっていたのかどうかということでは、何もわかってはいなかったさ。赤と黒の鎧の方々の正体が、まさか、蟻であったとはなあ……」

「しかし、おまえ、わかったような顔で、玄珍どのに、大威徳明王の前に、護摩壇を設け、そこで祈念せよなどと――」

「それには、理由がある」

「どのような理由だ」

「十五年前、玄珍どのが奉納したのが、文殊菩薩の像であったということさ――」

「なに⁉」

「大威徳明王、その本地《ほんじ》は文殊菩薩ぞ」

「な……」

「黒い鎧の男が、出家したら祈念せよと言うたら、どの仏よりも、玄珍どのが奉納された文殊菩薩にであろう。その男が、夢に現われたというのは、戦を忌《い》み、文殊菩薩に感応した故《ゆえ》のことであろうからな。文殊菩薩の化身《けしん》である大威徳明王、どの尊神《かみ》よりも、力が強いからな。玄珍どのが、ただ、広隆寺に泊まっただけでは、そのようなことは起こらなかったろうよ――」

「う、うむ……」

「何か、頼み事の筋あらば、これは文殊菩薩が化身された大威徳明王の方が、その霊験は強かろう。実際、その通りであったわけだしな……」

「しかし、牛が……」

「広隆寺、文殊菩薩、大威徳明王となれば、これはもう、牛ではないか」

「なに⁉」

「広隆寺の牛祭りは、博雅よ、ぬしも知るところであろう。そして、文殊菩薩の化身された大威徳明王がお乗りになっているのは――」

「牛、水牛か⁉」

博雅の声が、大きくなった。

「不思議なつながりが見えてくるであろう」

「幾つかの呪と縁で、このことが結ばれているようだと言うたは……」

「このことさ」

「いや、しかし、まさか……」

「おおかた、あのあたりに棲んでいた蟻が、日々、寺の僧たちが読経するのを耳にするうち、大きな塚を作ることのできるような力を持ったのであろう――」

「しかし、負けた方の蟻を奴隷にして、塚を作らせるとは……」

「天竺《てんじく》であったか、唐《から》であったか。国と国が争うて、負けた方の兵の気持ちを萎《な》えさせるのに、そのようなことをさせたらしい……」

「なに？」

「城を作らせ、できあがったら、本人たちにそれを壊させる。壊したら、また、作る。これを続けると、気力おとろえて廃人になる……」

「そんなこと、知っていたのか――」

「それくらいのことならな」

晴明は、そう言って、うまそうに杯の酒を干した。

空になった杯へ、露子が酒を注ぐ。

「しかし、今度は、露子姫のおかげで、この晴明にもわからなかった謎が解けた……」

「あら」

と、露子は、晴明に褒《ほ》められて、頬を赤く染めた。

晴明が露子の手から瓶子を取って、自分の杯を露子に渡した。

「飲むかね」

「いただきます」

晴明が注いだ酒を、露子がおいしそうに飲む。

「しかしなあ、晴明よ……」

博雅がつぶやく。

「どうした」

「今度のことで、つくづくおれは思うのだが……」

「ほう」

「いったい、人は、何のために、生きるのであろうかな。蟻が塔を作り、塔を壊し、また塔を作って壊す……人がやっているのも、所詮はそのようなことなのではないか。人の為すことに、いったい意味あることがあるのであろうかな……」

「——」

「人は——いや、人というよりは、このおれだ。このおれは、いったいどのような……」

博雅は、言葉を途切れさせて、しんみりとなった。

「博雅よ……」

晴明は言った。

いつになく、優しい響きが、その声にこもっている。

「なんだ、晴明……」

「その人の意味は、その人が決めるのではない……」

「え……」

「人に呪をかけるのは、本人ではない。まわりの人さ。ものの意味もそうだ。石をただ石とのみ見ずに、重しとしての意味を見つけて重しとして使う者もいれば、ものを叩く道具として使う者もいるし、武器として、たれかに投げてぶつけようとする者もいる……」

「――」

「おまえであれ、この晴明であれ、その意味については、他人がそれを決めるのさ。博雅よ、おまえが、この世にあるそのことが、それだけで意味なのじゃ。それが、この晴明にとって、何ものにもかえがたいものなのだよ。ただ、そこにいる、それだけで、このおれにはありがたい。それこそが、博雅のこの世にあるおれにとっての意味なのだ――」

「お、おい、晴明――」

「なんだ、博雅」

「そのような顔で、そのような声で、突然にそのようなことを言うものではない」

「そうか――」

「おれは、困ってしまうではないか」

「困ることはない」

「ばか……」

博雅は、杯を置いて、懐《ふところ》から葉二《はふたつ》を取り出した。

唇にあてる。

吹く。

優しい音色が、笛からすべり出てきた。

その音色に触れて、蛍がふわりふわりと、桜の樹のあたりで舞う。

「よい笛だ、博雅……」

晴明がつぶやく。

「ほんとうに……」

露子が言った。

八

牛に壊された塚は、その後、再び作られることはなかったという。

露子《つゆこ》姫《ひめ》

一

たれかが、どこかで歌を詠《よ》んでいる。
細い、静かな声だ。

雪のうちに春はきにけり
鶯《うぐいす》のこほれるなみだいまやとくらむ

女の声である。
どこから聞こえてくるのであろうか。
庭の方からだ。
庭といっても、今は夜である。

それにしても、細く、かそけき声ながら、耳の底に届いてくる。
何か小さなものが、耳の奥で囁《ささや》いているようにも思える。
しかし、露子《つゆこ》は、これが夢とわかっている。
何故《なにゆえ》ならば、この半月ほど、たびたび同じこの夢を見ているからだ。
夜着《よぎ》をめくって、身体を起こす。
周囲は闇だ。
ゆっくりと立ちあがる。
立ちあがるといっても、まだ夢の中である。
それはわかっている。
歩く。
どこに何があるかは、闇の中でもわかっている。
灯《あか》りなどないはずなのに、見えている。
几帳《きちょう》をよけて、蔀《しとみ》を開けると、外の冷気が身体を打つ。
冷気とわかっているのに、寒さを感じないのは、これが夢だからだ。
身が軽い。
床の上一寸余りの高さを、漂ってゆくように歩く。
簀子《すのこ》の上に立つと、闇の海だ。

ただ闇が広がっている。

中天に月があって、庭を照らしているはずなのに、何も見えない。

その闇の中に、人が立っている。

薄紫色の衣《きぬ》を着た女性《にょしょう》である。

まだ若い。

笠を被《かぶ》っている。

ただ、その笠が、黒く大きい。

細い、薄青い両腕を伸ばして、その笠を支えているのだが、ひどく重そうである。

顔がわずかに持ちあがって、女性が露子を見る。

何か言いたげな眸《め》だ。

思っていたよりも、ずっと若い。

八つつか、九つか――

「あなたはだあれ――」

露子が問う。

「なにかわたしに言いたいことがあるの？」

すると、その黒い笠の女は、答えるかわりに、あの何か訴えるような眸で露子を見あげ、またあの歌を詠むのである。

　雪のうちに春はきにけり
　鶯のこほれるなみだいまやとくらむ

「なあに、その歌は……」

露子が問う。

そこで、いつも、本当に眼が覚めるのである。

それが、半月続いているのであった。

二

「それは、『古今集』の、二条《にじよう》のきさきの歌ですね――」

晴明《せいめい》が言ったのは、土御門大路《つちみかどおおじ》にある自分の屋敷の簀子の上であった。

そこに座し、源 博雅《みなもとのひろまさ》と向かいあってほろほろと酒を飲んでいる。

庭の梅の多くはもう散って、桜の蕾《つぼみ》がふくらみかけている。

ふたりの傍《かたわら》にあって、杯に酒を注《つ》いでいるのは、蜜虫《みつむし》ではなく、露子姫である。

十八歳だが、顔はまだあどけなく、童女のように見える。

眉も抜かず、歯も染めず、やんごとなき男たちがいる場所へも素顔で出てゆく。

四条大路に屋敷のある橘実之《たちばなのさねゆき》の娘だ。

白い水干《すいかん》を着て、男のように烏帽子《えぼし》を被っている。

長い髪を頭の上に持ちあげて、烏帽子の中に隠してしまっているので、見た目は黒眸《くろめ》の大きな美しい少年のように見える。

露子は、晴明のところへ遊びにやってきて、このところよく見る夢の話を、今、晴明と博雅にし終えたところであった。

「わたしもそこまではわかるんだけど、その先がわからないの」

露子は、空《から》になった晴明の杯に、酒を注ぎながら言った。

「確かに――」

晴明がうなずく。

「いや、晴明よ、どうしてわかるのだ。おれだって、その歌が、『古今集』にあったかなということくらいはわかるさ。しかし、誰が詠んだかということまでは、そくざにわかるものではない……」

博雅が、まだ酒が満たされたままの杯を宙で止《と》めて、そう言った。

『古今集』――正確には『古今和歌集』である。

当時の貴族としては、当然知っておくべきもので、読んでいるというのは、基礎教養であった。

この当時、読む、というのはただ文字を眼でおうだけのことではなく、師と向きあって一言一句ずつ解説されながら覚えてゆくというのが〝読む〟ということであった。〝読む〟と〝暗記《あんき》する〟ということとは、ほぼ同義語であったと言っていい。

「わからぬでもいいではないか。無理に覚える必要もない――」

「いや、わかる者は皆、軽い口ぶりでそのように言うのだ。しかし、わからぬ方からすれば、わかっている人間のことが、なんともうらやましくなってしまうのだよ、晴明よ――」

「おまえは正直な漢《おとこ》だな、博雅よ」

「おまえ、妙な誉《ほ》め方をしていないか、晴明」

博雅は、杯の酒をひといきに干した。

空《から》になった杯に、露子が酒を注ぐ。

「いや、誉めるというよりは、おまえは好もしい漢だなと言ったのさ。なかなか、人は、わからぬことを、わからぬと口にできぬものだからな――」

「ふうん……」

と、博雅は酒をまた口に運び、

「まあ、いずれにしろ、今はその不思議な夢のことだ。何かわかるのか?」

「そうだな……」

と、晴明は、庭に眼をやった。

柔らかい緑の色が、庭の土の上のあちこちに顔を出している。

「晴明さま、何かおわかりになるのなら、教えてくださいな」

「うむ」

とうなずいて、晴明は庭から露子に顔をもどし、

「西かな……」

そうつぶやいた。

「西？」

「今日、帰ったら、寝所の西の庭へ出て、捜してみればいい――」

「捜すって、何を？」

「姫よ、わたしにも、細かいところまではわからない。でも、このなぞなぞは、歌の中の鶯で解くのがはやいのではないかな――」

「鶯って……」

「鶯は、鳥だろう――」

「鳥と言えば――ああ、わかった酉《とり》の方角のことね」

西の方角、すなわち西の方角のことである。

「うん」

「ありがとう、晴明さま！」

露子は、眼をきらきらさせながらそう言って、ほどなく晴明の屋敷から帰っていったのである。

三

「まあ、こんなところに——」

露子が声をあげたのは、寝所から西——庭の、ちょうど桜の生えたその根のあたりであった。

根元に、黒い、丸い石が落ちていた。

露子の拳《こぶし》ほどの大きさの石であった。

露子は、右手でその石を摑《つか》んで持ちあげた。

その下から出てきたものを見て、

「ああ、あなたはなんておくゆかしいお方なの」

嬉しそうな声でそう言った。

「ちゃんと口にすればわかるのに、わざわざ歌でおっしゃっていたなんて——」

石の下から姿を現わしたのは、痛々しいほど薄い緑色をした、菫《すみれ》の葉であった。

石の下にあって、半分潰《つぶ》れかけているが、今年出てきたばかりの菫である。

「晴明さまと博雅さまに、さっそくお知らせしなくっちゃ——」

その菫の葉が持ちあがり、身が起きて、薄紫の花を咲かせたのは、それから四日後のことであった。

月《つき》を呑《の》む仏《ほとけ》

一

博雅《ひろまさ》は、笛を吹いている。

葉二《はふたつ》。

朱雀門《すざくもん》の鬼からもらった龍笛《りゅうてき》である。

夜——

空には月がかかっている。

その晩は宿直《とのい》であったのだが、月があまりにも美しかったので、博雅は宮中を抜け出して、この神泉苑《しんせんえん》までやってきてしまったのである。

十三夜の月であった。

満月までにはいたらない、やや欠けた月だ。

満月から少し欠けている——その風情《ふぜい》がなんとも言えない。

灯《あか》りがなくとも、十三夜の月があれば、充分夜に歩くことはできる。

博雅は、西側の壁の崩れたところから中に入り、池のほとりに立って、そこで笛を吹きはじめたのである。

月の光を浴びた釣《つ》り殿《どの》が、森に囲まれた池の水の面《おもて》に映っている。

そして、十三夜の月も。

博雅は、ふたつの月を眺めながら葉二を吹いている。

すでに桜は散って、あちこちの木々に新しい緑が芽ぶいている。

楓《かえで》、欅《けやき》、柳、桜、やまぼうし——どの緑も、皆少しずつその色が違う。同じ緑でありながら、樹の種類の数だけその色がある。月明りではそこまで判別できないが、博雅はそのことをわかっている。

地面には、著莪《しゃが》、野萱草《のかんぞう》、一人静《ひとりしずか》、甘野老《あまどころ》などの草が、あちらにひとむら、こちらにひとむらと生え、あるものはまだ芽のままで、またあるものは花を咲かせている。

樹々や草の緑の匂いが、夜気の中に溶け、流れ、漂っている。

博雅は、その香りを嗅《か》ぎながら笛を吹いている。

その香りと自ら奏《かな》でる笛の音《ね》に、身体がとろけてしまいそうになる。

嚠々《りょうりょう》と笛の音が月光の中に響き、草木の香りのなかで、笛の音までが、ほのかな新緑の光を放っているようであった。

眼を閉じる。
何も見えぬはずなのに、闇がおぼろな微光を放って、瞼《まぶた》の裏で揺れているようである。
笛を吹きながら、博雅は、恍惚《こうこつ》となっている。
と――
博雅が、眼を開いたのは、何かの気配を感じたからであった。
そして、博雅は見たのであった。
池の対岸に立つものを。
それは、巨大な仏であった。
その丈《たけ》、四十尺もあろうか。
黄金に光る薬師《やくし》如来《にょらい》であった。
それを見た時、見た者がただの人であったのであれば、笛を吹くのをやめ、
「あっ」
とひと声、叫んでしまうところなのだが、博雅は違っていた。
驚きはしたものの、笛を吹くのもやめず、叫ぶことも、逃げることもしなかった。
ただ、そのまま笛を吹き続けたのである。
博雅は、感動していたのである。
なんともお美しい……

笛を吹きながら、そんなことを思っていた。

確かに、如来は美しかった。

金色なのは、その顔や肌だけではなく、身にまとっている衣までもが、黄金色にあやしく光っていたのである。

如来のすぐ横に生えている楓は、その仏の腰あたりまでの高さしかなかった。

その如来の頭の、さらに高い天に、十三夜の月が光っている。

いったい、いつからそこに立っていたのか。

いったい、どこから現われたのか。

如来は、ただ静かにそこに立って、池の面に映る月を見つめているようであった。

如来は、その両手を、自分の臍《へそ》の高さで合わせていた。その合わせた両手の間に何か持っている。

金色に光る、薬壺《やっこ》であった。

ふいに、薬師如来が動いた。

池に向かって身をかがめながら、右手に薬壺を持って、その手を伸ばしてきたのである。

その薬壺が、すうっと、池の中に半分潜《もぐ》った。

そこには、水の面《おもて》に映った、月が光っていた。

掬《すく》った。

なんと、薬師如来は、水の面に映った月を、右手に持った薬壺の中に掬いとってしまったのである。

如来が、身を起こしてゆく。

右手に握った薬壺も持ちあがってゆく。

如来の顔の高さまで。

その薬壺の縁に唇をあてた。

そして――

薬師如来は、薬壺の中の水と一緒に、映った月まで、飲みほしてしまったのである。

博雅は、驚いた。

さっきまで、水の面に浮いていたはずの月が、そこから消えていたからである。

不思議なことであった。

同様のことをやって、水の面を揺らしてしまっても、その揺れがおさまれば、光が散りぢりになっていた水面に、やがて、月の姿はもどってくるはずであった。

しかし、そこに月はもどってこなかった。

池の水の面から、さっきまで光っていた月の姿が、見えなくなっていたのであった。

二

「いや、本当にな、そういうことがあったのだよ、晴明《せいめい》――」

博雅がそう言ったのは、土御門大路《つちみかどおおじ》にある安倍《あべの》晴明の屋敷でのことであった。

ふたりで、簀子《すのこ》の上に座している。

円座《わらざ》を敷いて、その上に腰を下ろし、酒を飲んでいる。

晴明は、左手に杯を持ち、柱の一本に背をあずけ、片膝を立てて、その膝の上に右肘をのせている。

「ふうん……」

興味があるのか、ないのか、晴明は庭に眼をやりながら、博雅の話を聞いている。

春――

桜が散って、しばらく過ぎた頃だ。

葉が日毎《ひごと》に色を濃くしてゆく桜の下に、赤く牡丹《ぼたん》が花を咲かせている。

晴明の視線は、その牡丹の赤い色に向けられているようであった。

桜が散って、藤が咲きはじめる前の、不思議な季節の間《はざま》の頃だ。

「おい、晴明、これは本当のことだぞ。それと同じことが、実は、昨夜もあったのだ」

件《くだん》のことがあった次の晩――つまり、昨夜、再び博雅は、夜に、神泉苑まで出かけていったというのである。

十四夜の月を見ながら笛を吹いていると、また、あの、黄金に輝く薬師如来が現われて、薬壺で池に映った月を掬い、それを飲んだということであった。

「それがなあ、あまりに神々《こうごう》しく、美しくてな。おれは少しも恐くなんてなかったのだよ、晴明よ――」

怖かったらゆかぬ。

博雅はそう言った。

「怖いどころか、もう一度、ぜがひでも、また御仏のあの姿を拝みたくてな、それで出かけてしまったというわけなのだよ――」

飲み終えると、前の晩のように、天に月はあるのに、池の面に月の姿がない。

薬師如来は、そこに、悠々と立って、ひとしきり天を見あげた後、背を向ける。

歩きながら、去ってゆく。

去ってゆくその姿がどんどん縮み、小さくなって、如来はついに樹の下にその姿を消してしまった。

前の晩と、そこまでは同じであった。

「で、晴明よ、奇妙なことが起こったのは、その晩のことなのだよ。つまり、これは、昨日の晩ということなのだが……」

博雅が、その奇妙なことの説明をはじめた。

その晩、神泉苑からもどって、博雅は夜着《よぎ》の中に入り、不思議なことにすぐに眠りに落ちたというのである。

博雅は、興奮している。

あのようなものを見た時、夜着の中で、何度も何度もそのことを思い出す。大きな如来の姿や、月、そして、自分が奏でた笛の音も耳の奥に残っている。それを、繰り返し、繰り返し反芻《はんすう》していると、眼が冴えて眠れない。前の晩がそうであった。

なのに、昨夜は、あっという間に眠ってしまったというのである。

眠って、夢を見た。

女の夢だ。

それも、髪の長い、眸《め》の大きな美しい女の夢だ。

青い衣《きぬ》を着た女が、博雅の枕元に立って、泣いているのである。

博雅は、夢の中で、その女に声をかける。

「どうなされました。何か悲しいことでもおありなのですか――」

夢とわかっているのに、実際に、その女が自分の枕元に立っているような気もする。

ほんとうに眼をあければ、その女が見えるのではないか――

「お助けくださいまし……」

と、女が言う。

「どうしたのだね、いったい何を助けてさしあげればよいのだね」

「ごらんになったでしょう。博雅さまは、ふた晩も神泉苑にいらして、あれをごらんになったのでしょう」

「あれというのは、大きな薬師如来が、池の水と一緒に月を呑んだことですか？」

「そうです、そのことなのです」

女の眼からは、涙がほろほろとこぼれている。

「あれが、もう、これで十三日も続いているのです……」

「十三日？」

「あれは、また、明日の晩もやってきます。どうぞ、あれが、もう、月を呑まぬようにしていただきたいのです。どうか、何とぞ、何とぞ……」

女の声は、消えいるように細い。

そこで、博雅は眼を覚ましたというのである。

起きてみれば、やはり夢であったのか、女の姿などどこにもない。

ただ、博雅が夜着の外に手を伸ばした時、冷やっとしたものに触れた。

水であった。

ちょうど、夢の中で女が立っていたとおぼしきあたり、枕元の床が、濡れていたのであった。

「そういうことがあったのでな、それで、おれは、おまえに相談にのってもらいたくて、こうしてやってきたのだよ、晴明……」

博雅は、そう言って、右手に持った杯の中の酒を干した。

空《から》になったその杯に、蜜虫《みつむし》が酒を注《つ》ぐ。

晴明は、まだ、庭に眼をやっている。

「おい晴明よ、おまえ、おれの話を聞いているのか――」

「聞いているさ」

晴明は、ようやく博雅に視線を向けた。

「聞いているのなら、それがわかるようにふるまってくれねば、おれも困ってしまうではないか――」

「すまん、博雅、少し思うところがあったのでな」

「思うところって、やっぱりおれの話を聞いていなかったということではないのか――」

「そうではない。おまえの話を聞いていたからこそ、思うところがあったのだ」

「なに!?」

「実はな、しばらく前、兼家《かねいえ》さまのところから使いの者が来てな、相談にのってくれというのさ」

「相談?」

「ああ。兼家さまが大切にされていた厨子《ずし》が、半月ほど前に盗まれたというのさ」

厨子、つまり、仏像などを安置する仏具のことだ。堂のかたちをしていて、多くは両開きの扉がついている。

小さなものでは、掌《て》の上に載るくらいのものから、大きなものでは、大人ひとりではとても持てぬほどの大きさのものまで、色々ある。

「子供ひとりほどの大きさの厨子で、螺鈿《らでん》で極楽の図が描かれている……」

「それがどうしたのだ。今度《こたび》のことと何か関わりでもあるのか」

「その厨子の中に入っていた仏が、薬師如来なのだ。どうだ、博雅――」

「むう……」

博雅は、口に運ぼうとして、宙に止《と》めていた杯を下ろし、

「それは、つまり……どういうことなのだ、晴明よ」

呻《うめ》くように言った。

「何か、関わりがありそうではないか」

「どういう関わりなのだ、晴明」

「だから、それを考えていたのさ」

「わかったのか」

「いいや」

と晴明は首を小さく左右に振り、

「しかし、思うところはないでもない」

自分に言いきかせるように言った。

「それは、何なのだ」

「まだ、言えるほどのことではない。しかし、行ってみる値打ちはありそうだ」

「行ってみるって、どこへだ」

「神泉苑さ。おまえの言葉通りであるなら、今晩も、月を呑みに、薬師如来がやってこられるのではないか――」

「う、うむ」

「どうだ、ゆくか」

「ああ」

「ゆこう」

「ゆこう」

そういうことになったのであった。

三

神泉苑の池のほとりに毛氈《もうせん》を敷き、その上に座して、晴明と博雅は酒を飲んでいる。

毛氈の上に、燈台《とうだい》が立てられ、そこに灯《あか》りがひとつ、点《とも》っている。

ふたりの間に盆が置かれ、その上に杯がふたつ。

いずれの杯にも酒が注がれて、その匂いが樹々の匂いと溶けあっている。

杯が空になるたびに、瓶子《へいし》からあらたな酒を注《そそ》いでいるのは、蜜虫であった。

空に、満月が掛かってはいるが、その月はまだ東山から出たばかりで、中天にさしかかるのは、もう少し後であった。それをただ待つよりは、酒でも用意して、それを飲みながら待とうということになったのである。


神泉苑――

延暦《えんりやく》十三年（七九四）に、造営された禁苑《きんえん》である。

『日本紀略《にほんきりやく》』によれば、延暦十九年（八〇〇）七月に桓武《かんむ》天皇が行幸し、その二年後の延暦二十一年（八〇二）には、宴の会が催されている。

この池の水は、どれほどの日照りの年であっても、涸《か》れることがない。

東寺《とうじ》の空海《くうかい》と、西寺《さいじ》の守敏《しゆびん》とが、雨乞《あまごい》対決をしたのも、この神泉苑であった。そのおりは、空海が、天竺《てんじく》の阿耨達池《あのくだつち》に住む善女龍王《ぜんによりゆうおう》を召喚して雨を降らせている。

この池の水が涸れることはないと言われているのも、神泉苑の池と阿耨達池とは、底でつながっていると考えられているからであろう。

満月が出たばかりの頃は、あたりにはまだほんのり夕刻の明りが残っていた。

しかし、満月が昇ってゆくにつれて、周囲は暗くなってゆき、今はすっかり夜になっている。

酒を口に運び、時おり博雅が葉二を吹く。

そうして夜は更け、そろそろ月が中天にさしかかろうという時――

「おいでになったぞ」

晴明は、持っていた杯を置いて、眼を対岸に向けた。

博雅も、杯を置き、

「むう……」

片膝立ちになって、顔をあげた。

対岸の森の奥が、金色の光を放っていた。

たれかが、小さく火を点したほどの、わずかな明りだ。

それが、ゆっくりと大きさと明るさを増してゆく。

対岸の、楓や桜の樹の上にまでその光が膨らんできた。

「おう……」

博雅が、声をあげる。

その光の中に、顔が浮きあがってきた。

薬師如来の顔であった。

顔の位置が高くなり、樹の梢よりもさらに上へ伸びてゆく。

楓の樹の高さが、如来の腰あたりになった。

薬師如来が、動き出した。

池に向かって、ゆっくりと移動してくる。

樹々を分け、汀《みぎわ》に立った。

まさに薬師如来である。

両手で、薬壺を持っている。

それを、右手に持ちかえた。

「晴明よ、おれの言うた通りであろう。あの薬壺で、如来は、これから月を呑むぞ――」

博雅は、言いながら、晴明を見やると、晴明は、もう、汀に向かって歩き出していた。

晴明は、汀に立ち、身をかがめて何かを拾いあげた。

その時には、もう、如来は前かがみになって、薬壺を持った右手を伸ばしている。

晴明の右手から、何かが宙に飛んだ。

小石であった。

その小石が、今、まさに如来が薬壺で掬いあげようとしていた、水の面《おもて》に映った月の上に落ちた。

月が、水面に散った。

月は、無数の光の細片となって、水の上で躍《おど》った。

如来が、動きを止めた。

周囲を睨《にら》むように頭をめぐらせてから、左手で、軽く水面を叩いた。

乱れていた水面が、すぐに静かになって、鏡のようなその面に、再び月がもどってきた。

如来の右手が、また、伸びる。

薬壺が、また、月を掬おうとする。

と――

その月が消えていた。

如来が見あげれば、空に雲が出ていた。

大きな雲ではない。

小さな雲だ。

しかし、不思議なことに、その雲は月の周囲にだけ濃くわだかまって、月の影だけを隠していたのである。

晴明は、右手の人差し指の先を、自分の赤い下唇にあて、小さく呪《しゅ》を唱えていた。

晴明が出現させた雲であった。

「やめよ、晴明、そこまでじゃ……」

対岸から声がかかった。

「そちらへゆく……」

男の声である。

如来が、背を向けて、森の中へもどってゆく。

ゆっくりとその光が小さくなり、如来の背丈もだんだんと低くなり、ほどなくその光も如来の姿も消えた。

しばらくして——

「ぬしが出てくるとは、思わなんだぞ、晴明——」

横手の闇の中から声がかかった。

ゆっくりと、月明りと灯火の明りの中へ、人が歩み出てきた。

老人であった。

白髪が、ぼうぼうと頭の上に立ちあがっている。

黄色い眸《め》が、きろきろと光っている。

蘆屋道満《あしやどうまん》であった。

その背に、子供の背丈ほどの厨子を背負っていた。

「やはり、あなたさまでございましたな、道満さま——」

晴明は、呪を唱えるのをやめて、そう言った。

「もう、あとちょっとで、よい式《しき》を手に入れるところであったによ——」

「龍鯉《りようり》の昇月《しようげつ》を邪魔したとあっては、この先、たれがどうこの神泉苑で祈ろうとも、雨を降らせることはかなわなくなりますよ」

「それもそうじゃ」

道満が、にいっ、と笑う。

「お、おい、晴明。これはいったいどういうことなのだ。おれには何もわからぬぞ——」

博雅が、ふたりの間に割り込んだ。

「おれだって、何もかもわかっているというわけではない。しかし、じきにわかるはずだ——」

「じきに？　どういうことだ」

「もうそろそろ、月が、池の真ん中に影を落とすということさ——」

晴明が、池の方に視線を向けた。

池に、満月が映っている。

「あの月が、どうしたのだ」

「まあ、見ていればよい」

「見るって……」

「ほら、来たぞ、博雅」

晴明の言葉に、博雅が、あっ、という声を喉《のど》の奥に呑み込んだのは、水の中に、ゆらりと動く、影を見たからだ。

深い水の底に、何かの影が動いた。

その影が、ゆっくりと水面に近づいてくる。

大きな魚だ。

暗い水中から、だんだんと上へ——

青みがかった、白い魚。

その魚体が、燐光《りんこう》を帯びて光っている。

「鯉だ——」

博雅が言う。

大きい。

人よりもひとまわり、ふたまわりは大きな鯉——六尺に余る大きさがある。

すぐの水面下で、青い鱗《うろこ》がきらきらと光っている。

その鯉が、水の面に映った月の周囲をひとめぐりして、大きく口を開いた。

こぽり、
という音がして、月が呑み込まれていた。

水面の月が消えていた。

中天に月があるのに、水面に月が映っていない。

薬師如来が薬壺で掬った時と同じであった。

「おい、晴明、月が……」

「わかっている」

三人が見つめていると、三人のいる汀から九尺ほど離れた水面が泡立ち、その泡の中から、人の姿をしたものが浮かびあがってきて、素足で水の面に立った。

唐風に頭を結いあげた、青い衣を身にまとった女であった。

「晴明さま、博雅さま、ありがとう存じます——」

女が、軽く頭を下げる。

長い髪。

眸が大きい。

「夢の中にいらっしゃったのは、あなただったのですね」

博雅が問えば、

「はい」

女がうなずく。

「わたくしは、二百年近く、この池に棲む鯉でござります」

「二百年……」

「今より、百数十年前、高野《こうや》の空海和尚が、この池で雨乞の修法《ずほう》を行なったことがござりました……」

「存じております」

これは、晴明が言った。

「そのおり、空海さま、天竺の阿耨達池《あのくだっち》から、善女龍王を勧請《かんじょう》なされました。そのおり、この池を御案内申しあげたのがわたくしにござります……」

「はい」

「その時、善女龍王が申されるには、この礼に、いつかそなたを龍となし、天に昇らせようと……」

「天？」

「一年に一度、この時期に、池に映る月を、新月の翌日から満月まで、十四日間、呑みなさい。これを百度、百年続ければ、その百度目に天に昇る力を得ることができよう——このように申されました……」

「しかし、もう、百年以上……」

「百度と申しましても、晴れの晩ばかりではございませぬ。雨が降ったり、雲に月が隠されたり——それで、九十九回をこなすのに、百年に余る歳月がかかってしまったのです……」

「今年が、百度目……」

「はい」

女がうなずく。

「道満さまが、それを邪魔されたわけですね——」

晴明が言った。

「いや、邪魔をしようとしたわけではない。まあ、そういうことになるかもしれぬがな——」

道満は頭を掻《か》き、晴明を見やった。

「この池に、善女龍王から昇月を約束された龍鯉が棲《す》むというのは、かねてより知っていたこと。晴明、ぬしもそうであろう」

「はい」

「しかし、その昇月が、今年になるやもしれぬと、そこまでは知らなんだはずじゃ」

「いかにも、存じてはおりませんでした。道満さまは、どうして――」

「わしはな、色々のところに、式を飼《こ》うておる。この神泉苑でもな。それが、甲羅が二尺ある鼈《すっぽん》さ。こやつも歳経て、すでに九十年生きておる。ひと月ほど前、ここへ来て話を聞いたら、いよいよこの池の龍鯉が、今年昇月するやもしれぬということを聞かされてな。それで、このことを思いついたのさ――」

「このことというのは？」

「龍鯉が呑むより先に、池の月を手に入れて、それを種《たね》に、わが式となってもらおうかとな――」

「なんと――」

「ひと仕事で、月をひとつずつ与えて、色々役立ってもらおうと思うていたのさ――」

「しかし、来年になれば、また、月が……」

「来年は来年さ。空が曇るやもしれず、雨が降るやもしれず、何かが先に月を呑みに来るかもしれぬ。なにしろ、昇月のためには、月が中天にかかって、池の真上に影を落とさねばならぬ。それを呑まねば昇月はかなわぬ。そうなる前に、月を手に入れてしまえばよいとな――」

「それで、薬師如来を……」

「そうさ。なまはんかな器《うつわ》では、とても、池の月を掬えるものではない。その点、薬師如来が持つ薬壺であれば、掬えぬものはないからなあ……」

「なるほど——」

「兼家の屋敷に、ほどのよい大きさの薬師如来のあることは、かねてよりわかっていたのでな。盗んで使わせてもろうたのさ——」

「で、どうなされます」

「わしが手に入れた月のことか」

「はい」

「ぬしに邪魔をされては、できることもできぬ。返すとしようかよ」

「それがよろしかろうと……」

晴明は、道満に向かって頭を下げ、水面に立つ女に顔を向けた。

「お聞きの通りです」

女は、晴明と博雅に向かって頭を下げ、ほのかに微笑した。

溶けるように、水の中へ消えた。

道満は、厨子を下ろし、扉を開いて、中から黄金の薬師如来を取り出して、土の上に置いた。

如来の背に、右手の指先をあて、小さく呪を唱えた。

すると――

ほろり、
ほろり、
と、如来の口から、光る小さな玉がこぼれ出て、自身が持つ薬壺の中に落ちて溜《た》まった。

全部で、十三個。

それぞれ、皆、大きさが違う。

道満は、それを手に取って、池へ投げた。

小さな玉は、どれも、池に落ちると、水面に映る月となった。

十四夜の月、十三夜の月、十二夜の月――

全部で、十三の月が、水面できらきらと光った。

美しい。

それを、水中から姿を現わした青い鯉が、ひとつずつ呑み込んでゆく。

全部を呑み込み終えると、青い鯉は、水中に姿を消した。

「晴明よ、見物じゃ……」

道満は、そう言って、毛氈の上へ座して、晴明と博雅を呼んだ。

晴明と博雅が、道満と並んで座した。

蜜虫が、晴明と博雅の杯に、酒を注ぐ。

「よこせ」

道満が、蜜虫が持った瓶子《へいし》を、その手から奪った。

「残りは全部、わしがもらおう。かまわぬであろうな」

「はい」

晴明がうなずく。

道満は、瓶子の首を右手に握り、注ぎ口を口へ運んで、瓶子を傾けた。

ごくり、ごくりと、道満の喉が動く。

「よい酒じゃ」

そこへ、

「道満どの――」

博雅が声をかけた。

「なんじゃ」

「まさか、道満どの、酒がほしゅうて、このようなまねをなされたのでは？」

「まさかよ」

「道満どの、すなおではござりませぬゆえ、なあ……」

博雅が、笑ってそう言った時、池の中央に白泡が立った。

その白泡が広がってゆき――

ふいに、その中から、しずしずと一頭の龍が出現した。

青い龍であった。

風も吹かねば、雷も鳴らず、雲も巻きあがることはなかった。

頭から現われ、ゆるりゆるりと、月光にその身をからませるようにして、龍が天に昇ってゆく。

無数の滴《しずく》が、龍の身体からこぼれ、それが月の光を宿して光る。

「すばらしい……」

博雅が、消えそうな声で、囁《ささや》いた。

釣り殿の屋根より高く昇ったところで、龍は下を見おろし、礼を言うように首を動かした。

そのまま龍は月光の中を昇ってゆき、ほどなく、消えた。

あとには、なやましいほどに発酵した新緑の匂いが、闇の中に漂っているばかりであった。

蟬
丸
せみまる

一

月が出た。

その音を、蟬丸《せみまる》は背で聴いた。

ほ、
という月の出の気配の音――

その音でわかる。

おほどかな、丸い、大きな月だ。

満月。

その月が、山の向こう、琵琶《びわ》湖の上にほっかり浮いて、湖面を照らしているのがわかる。

眼は見えないが、いや、眼が見えぬからこそ、その光景がありありと心の裡《うち》に浮かぶのである。

子供の頃、まだ眼が見えるうちに、月なら何度も見たことがある。しかし、眼が見えぬようになってから、心の裡《うち》に浮かべる月は、子供の頃に見た月よりも鮮やかだ。

なんとも不思議なことだ。

盲目となってから、もう、何十年過ぎたのであろうか。

耳で、月の気配を聴くようになったのはいつからだろう。この頃は、それを背で聴くことができるようになった。本当は、たれであれ、耳ではなく、背でものを聴いているのではないか。

そんなことも思う。

眼が見えぬようになってから、世界はより深くなったように思える。

月に合わせたように、庭の叢《くさむら》のあちこちで、虫が鳴きはじめた。

簀子《すのこ》の上へ出る。

そこに座して、耳を澄ます。

夏の虫の声が、ずいぶんと減った。

もう、きりぎりすやくつわむしの声は聴こえない。

ちろ

ちろ

ちろ
と鳴きはじめたのは、何というこおろぎであろうか。
うまおい
かんたん
くさひばり
すずむし
まつむし
えんまこおろぎ
幾つもの虫の声が、混ざりあい、響きあい、溶けあっている。
いっとき、盛んに鳴いていたすずむしが、急に数を減らし、まつむしの声が多くなったかと思うと、かんたんの声がさらに増えたりする。おやおやとうかがっていると、いつのまにか、またすずむしの声が増えている。

すいーっ　ちょん
すいーっ　　ちょん
ちろちろ
ちろちろ

りーん　りーん
りーん　りーん
ちん　ちん　ちん
ちん　ちん　ちん
りーん　りーん
ちん　ちろり
ちん　ちろり
ふぃよろろろろ
ふぃよろろろろ
すいーっ　ちょん
りりりりりりり
りりりりりりり
ちろ　ちろ　りーん　りーん　ちん　ちん
ふぃよろろろろ　ふぃよろろろろ
すいーっ　ちょん　りりりりりりり
ちん　ちろり　ちん　ちろり　りーん
ちろ　りーん　すいーっ　ふぃよろろろ

りりりりりりり　りーん　りーん
ちろちろちろりーんりーんちんちん
ふぃよろろろろりりりりりりり
すいーっ　ちょん　ちん　ちろりん
すいーっ　ちょん　ちん　ちろりん
りーん　りーん　ちろちろ　りーん
りーん　りーん　りーん……………
秋の虫の声の中に、自分の身体が浮かんでいるようであった。
さわ
さわ
さわ
という風の音。
風の音も、みんな違う。
楓《かえで》の葉の揺れる音、松葉に吹く風、軒《のき》に吹く風、耳元を通ってゆく風、桔梗《ききょう》を揺らして次に女郎花《おみなえし》を揺らしてゆく風、どれもみな違っている。
まるで、楽《がく》の音《ね》のようだ。

そう言えば、この何年というもの、琵琶を手にすることが、ほとんどなくなった。

それでよい。

自分の手で奏《かな》でなくとも、世界が楽の音をこうして奏でているではないか。

背だけではない、身体全体が耳のようになっている。

ひとつずつの音が、微光を放っている。

その光の色が、どれも皆少しずつ違っている。生命《いのち》がそれぞれ、どのような小さな虫でも草でも、そのひとつずつが違っているように、音ひとつずつが放つ光の色が違っている。その光のひとつずつが、微かな匂いまで放っているようである。

ああ……

今、聴こえているこの音は、何であろうか。

低い、世界の底から響いてくる音。

なつかしいような、聴こえていてあたりまえの音。普段は気づかないが、常に鳴り続けている音……

のん……

のん……

のん……

遠いような、近いような……

母なる音――
ああ、そうだ、これは心音ではないか。
自らの心《しん》の臓《ぞう》が奏でる音だ。
それだけではない。
大地そのものが、鳴っている。
これは、大地の心音ではないか。
大地の心音と、自分の心音が呼応して、響きあっている。
嗚呼《ああ》……
この音だ。
この音が鳴ると、集まってくるものたちがいる。
いや、もうすでに集まっている。
大地から、森から、山から――
草から、それは這《は》い出てくる。
石から、それは這い出てくる。
ほっ、
のっ、
樹の幹から、梢から、葉から、そして土からも岩からも、無数の気配が這い出てくるのである。

ひそひそと。

ほそほそと。

その気配のひとつずつが、鳴く。

ち、

ち、

ち、

と、と、と、と、と、と、と……

ち……

どむ。

ち……

どむ。

コ、コ、コ、コ、コ、コ、コ……

どむ。

どむ。

どむ。

む、
む、
む……

鳴いて、鳴る。

そして、響きあう。

鳴りあい響きあう無数の精霊たち。

ものに宿るもの。

ものの気配。

ものの気。

もののけ……

どろどろと、あやしく地が響き、それに自分の内部から呼応するものがある。

ふっ、
と頬に何かが触れてきたようなのは、月が軒から姿を現わして、その影が貌《かお》に差したためであるらしい。

皎皎《こうこう》と輝く満月が、背の肉の中心で光っている。

今夜も、あれはくるであろうか。

このような晩に、必ずやってくるもの。

それは、静かにやってきて、いつもひっそりとものかげに隠れている。

毎夜の如くにやってくるもの。

それは、集まってくる精霊たちと同じように、石のように、草のように、そして森のように、時に月そのものであるかのように、身を隠して、そこにあるのである。

それもまた集まってくるものたちのひとつであり、世界とともに響きあっているのである。

ああ、来ている。

蟬丸にはそれがわかった。

それは、いつの間にかやってきて、庭のどこかにいるのである。

その気配がある。

のん、
のん、
と、心が鳴る。

自分も、響くものだ。

自分も、鳴っている。

宇宙と共鳴して、自分を打つものがある。

楽器のように、自分を弾《はじ》くものがある。

自分は、自《おの》ずと鳴り響く楽器なのだ。

初めてのように、自身が絃《いと》の如くに震えている。

今夜は、なんと特別な晩なのであろうか。

もとより、もう琵琶を持たぬと決めたわけではない。

それならば、琵琶を持つも持たぬも、いずれでもよいのだ。

いずれでもよいのなら、わざわざ弾《ひ》かぬのもおかしいではないか。

蟬丸は、そっと立ちあがり、屋根の下に姿を消し、そして、再び、琵琶を抱えてもどってきた。

簀子の上に座る。

自分は、鳴り響くものたちの中にあって、自然に鳴り出《い》だす楽器なのだ。

自然《じねん》のものだ。

たまたま自分は、鳴り響くのに琵琶をもってこの中に参加するだけのものだ。

撥《ばち》が、絃《いと》を弾《はじ》く。

嫋《じょう》、
と、絃が鳴る。

嫋、

と、絃が震える。

唐の国から渡ってきた、琵琶の秘曲だ。

「流泉《りゅうせん》」であった。

嫋嫋と、蟬丸の弾《ひ》く琵琶の音《ね》が、闇の中に溶けてゆく。

なんという至福であろうか。

琵琶の音とともに、自分の肉体がほどけてゆき、庭へと溶けてゆくのである。

森とひとつになってゆくのである。

自分は、虫であった。

自分は、草であった。

自分は、石であった。

自分は、草に宿った露であった。

曲が、終った。

しかし、まだ、心も身体も、森と月の光の中に遊んでいる。

思わず、声が出た。

「ああ、こよいはなんという趣《おもむ》き深き晩であろうか。このような晩は、たれか音楽のことがわかるお方と、ひと晩中でも物語りしたいものだ……」

しかし、そういう者はどこにもいない。

この逢坂山《おうさかやま》での、独りの暮らしである。

と——

「おりますよ、ここに——」

そういう声がした。

人の声であった。

「そのひとなら、ここにおりますよ」

闇の中に、その声の主《ぬし》が立ちあがった。

はずんだ、男の声だ。

悦《よろこ》びに満ちてはいるが、その声の中には、不安も混ざっている。

声の主が、興奮して、顔を赤らめているのまでが想像できた。

しかし、なんと優しい、柔らかい、好もしい声であることか。

そして、その声を発しているもの自身が思っているよりも、その声はずっと力強い

——


「あなただったのですね——」

蝉丸は言った。

「この三年ほど、毎夜のように、この庭にしのんでいらしたのは……」

「はい」

と、その声の主は言った。

「蝉丸さまが、自然《じねん》に弾き出す琵琶の音《ね》をどうしても聴きたくて――」

「ああ、もうしわけありません。実は、わたしは、もう琵琶を弾かぬでもよいのではないかと、ずっとそう思っていたのです。しかし、今夜は……」

「ああ、わかりますとも。わかりますとも。このような晩は、我々のような人間は、鳴り響かずにはおられません。自然のうちに、鳴り響いて、鳴り響いて、鳴り響かずにはいられない。それが、わたしたちなのですから。わかりますとも、わかりますとも……」

その人の声には、湿度があり、そして、震えていた。

泣いているようであった。

「ああ、その通りです。その通りでございますねえ」

優しい声で、蝉丸は言った。

「今、蝉丸さまがお弾きになったのは、『流泉』ですね」

「はい」

「今は、この世に、あなた以外に弾く方はおられません……」

「あなたさまは？」

「博雅《ひろまさ》です。源《みなもとの》博雅という者です」

「おう、あの克明親王《よしあきらしんのう》の御子《おこ》の……」

「はい」

博雅はうなずいた。

二

「音楽のことについて物語りしたいとわたしは言いましたが……」

と、蟬丸はつぶやき、

「もう、言葉はいりませんね……」

ふっと顔をもちあげ、軒下から、天の月に向かって、見えぬ眼をやったようであった。

「はい」

うなずいて、博雅は、庭に立ったまま、懐《ふところ》から葉二《はふたつ》を取り出した。

朱雀門《すざくもん》の鬼からもらった笛であった。

言葉は、いらない。

博雅と、蟬丸と、音楽について語り合うということは、互いに吹きあい、弾きあうことであった。

「では、『啄木《たくぼく》』を……」

琵琶を抱えて、蟬丸がつぶやいた。

「おう……」

と、低いけれども、喜悦の声を、博雅はあげた。

承和《じようわ》の頃、藤原貞敏《ふじわらのさだとし》が、「流泉」、「楊真操《ようしんそう》」とともに、唐の廉承武《れんしようぶ》から伝えた琵琶の秘曲のひとつであった。

蟬丸が、撥を絃にあてる。

びょお……

と、絃が鳴った。

その音が、庭の闇に、響き、溶けてゆく。それが殷々《いんいん》と夜の中に染みこんで溶けきらぬうちに、博雅が、葉二を唇にあてた。

青い色が、葉二から月光の中に滑り出てきた。

それは、おぼろな燐光《りんこう》を放つ、青い透明な蛇であった。

その蛇は、細くなり、太くなり、ひかりながら月光の中にのびてゆく。

びょお、

と、蟬丸が合わせると、その光の蛇は、天に向かって月光の中を昇りはじめた。

何匹もの蝶のようなものが、闇の中に舞った。

青い色、赤い色、微かに光るもの、明滅するもの、飛ぶもの、流れるもの、沈むもの、浮くもの、哭《な》くもの……

幾つもの光る玉のようなものや、這《は》うものたちが、闇の中に現われた。
虫の声が和した。
そこへ、楓の葉が触れあって、この刻《とき》のことを寿《ことほ》ぐ声をあげた。
のん、
と、石が唄う。
ろん、
と、月光が鳴る。
ろろろろおん………
と、天が鳴る。
迦陵頻伽《かりょうびんが》が、現われて、月光の中で舞った。
びょおむ……
琵琶が鳴る。
遅れて、無数の飛天《ひてん》が現われて、音のひとつずつにその指先で触れてゆく。
天地が揺れた。
揺れたその間《はざま》から、
「我れは、多聞天《たもんてん》なり……」

「我れは、広目天《こうもくてん》なり……」

「我れは、持国天《じこくてん》なり……」

「我れは、増長天《ぞうじょうてん》なり……」

神々が姿を現わして、音に合わせて、足を踏み、手をかざして、ゆるゆると宙で舞いはじめた。

虫が、和す。

風が、和す。

草が、和す。

花が、和す。

樹々が和して、森が和して、石や土のひとつぶずつ、その裡にひそむ小さな生きものたちのいっぴきずつ、ひとつずつが、和している。

天地が鳴り響いている。

博雅は、眼を閉じて、葉二を吹いている。

その眼から、涙が楽の音《ね》のように溢《あふ》れ続けている。

蝉丸の口元に、微笑が浮いている。

きらきら
きらきら

宇宙が光って……
ほろほろ
ほろほろ
天がほどけてくる。
蟬丸と博雅は、こうして、朝の光が差しはじめるまで、そこで語りあったのであった。

あとがき

六十七歳の秋である。

なんと――

なんだか、これでええんかいな、真壁雲斎《まかべうんさい》の年齢をこしてしまったんじゃないの。

日々、進歩がない。

身体の衰えしきりで、脳だって根性だって、同じようなもんじゃないの。

やっぱり衰える。

それでも、どういうわけか、肉体の奥の方のどこかに、遥ばるとしたものというか、未知の場所への憧れのようなものがほのかに残っていて、そこに風が吹いている。

その風の中に、たぶん、ぼくは立っている。

それは、子供のぼくのようでもあるし、歳相応のよれよれのぼくのようでもある。

この風は、やんだことがない。

物語へのあこがれというか、未練というか、恋というか、たぶんそんなものだ。

やりたいことは、大量にある。

書きたいものは、いっぱいあって、これはどうしようもない。

できるだけ、馬鹿なことや、アホなことや役に立たないようなことをやりたいという、もうビョーキとしか言いようのない、行動の癖のようなものもある。

おろかである。

その自覚あり。

仕事の量は減った。

月に、八百枚は、もう書けない。

しかし、仕事の数は、減らずに増えている。

減らしたと思ったのに、数えてみたら、ただ今、小説の連載十二本だった。

自分でもちょっとおさらいをしておきたいので、次にそれを書いておく。

順不同で——

①「ダライ・ラマの密使」
②「餓狼伝」
③「陰陽師」
④「摩多羅神」
⑤「真伝・寛永御前試合」

⑥「大江戸化龍改」
⑦「明治大帝の密使」
⑧「蟲毒の城」
⑨「小角の城」
⑩「キマイラ」
⑪「JAGAE　織田信長伝奇行」
⑫「バキ外伝」

すげえな、こりゃ。

書きあがるまで本にするつもりはないので、千枚、二千枚、三千枚のものが多く、定期的に本になっているのは『餓狼伝』、『陰陽師』、『キマイラ』のみである。

連載が終らないまま、

「五年後に書きますから」

と言っていた、次の連載のスタートの時期がやってきて、書いているうちにこうなってしまったのだ。

しかし、この十二本を毎日書いているわけではない。雑誌の休刊で休んでいるものもあるし、隔月連載のものもあるからだ。しかし、「バキ外伝」は、『週刊少年チャンピオン』という漫画週刊誌だから、毎週しめきりがやってくる。

小説以外の連載もあり、単発の仕事もかなり入ってくる。

こんな状態で、よく釣りに行っているな、オレ。

いいのか、ワタシ。

ああ、思い出したよ。

二〇一九年には、あらたに小説の連載が四本増えるのだった。

「白鯨」

「レインボウ」

「縄文小説」

「俳句小説」

これで十六本。

しかも、一本は新聞連載である。

毎日しめきりがやってくるのである。

大丈夫か、おれ。

わからない。

やってみるしかない。

真剣に考えると、おかしくなるので、考えないようにしているのだが、マジ、やばくないか。

とりあえず、やってみるだけだ。

うーん、困った困った、と言いながらどうやらオレはやっぱり悦んでいるらしい。

困ったヤツなのである。

で、秋にこんな句はいかが。

満月や添い寝の屍体の笑い声
それぞれの色で狂へや散る紅葉
山の月爺婆《じじばば》笑うてぶら下がり

うーん、もうちょっとぶっ飛びたいのだけれどねえ。

久びさの『陰陽師』、よろしく。

二〇一八年十月二十三日　小田原にて——

夢枕　獏

夢枕獏公式ホームページ「蓬莱宮」アドレス https://www.bakuyumemakura.jp

初出掲載

傀儡子神　オール讀物　二〇一六年　五月号
竹取りの翁　オール讀物　二〇一六年　七月号
さしむかいの女　オール讀物　二〇一六年　九月号
狗　オール讀物　二〇一六年　十一月号
土狼　オール讀物　二〇一七年　一月号
墓穴　オール讀物　二〇一七年　三月号
にぎにぎ少納言　オール讀物　二〇一七年　五月号
相人　オール讀物　二〇一七年　七月号
塔　オール讀物　二〇一七年　九月号
露子姫　オール讀物　二〇一八年　四月号
月を呑む仏　オール讀物　二〇一八年　五月号
蟬丸　CD＋BOOK『蟬丸　陰陽師の音』スペースシャワーミュージック
二〇一六年九月発売

単行本　二〇一九年二月　文藝春秋刊

文春文庫

陰《おん》陽《みよう》師《じ》　女蛇《めのへび》ノ巻《まき》

定価はカバーに
表示してあります

2021年10月10日　第1刷

著　者　夢《ゆめ》枕《まくら》　獏《ばく》
発行者　花田朋子
発行所　株式会社　文藝春秋

東京都千代田区紀尾井町 3-23　〒102-8008
TEL　03・3265・1211(代)
文藝春秋ホームページ　http://www.bunshun.co.jp

落丁、乱丁本は、お手数ですが小社製作部宛お送り下さい。送料小社負担でお取替致します。

印刷・凸版印刷　製本・加藤製本

Printed in Japan
ISBN978-4-16-791759-3

（　）内は解説者。品切の節はご容赦下さい。

夢枕 獏
陰陽師《おんみょうじ》

死霊、生霊、鬼などが人々の身近で跋扈した平安時代。陰陽師安倍晴明は従四位下ながら天皇の信任は厚い。親友の源博雅と組み、幻術を駆使して挑むこの世ならぬ難事件の数々。

ゆ-2-1

夢枕 獏
陰陽師《おんみょうじ》 飛天《ひてん》ノ巻

都を魔物から守れ。百鬼夜行の平安時代、風水術、幻術、占星術を駆使し、難敵に立ち向う安倍晴明。中世の闇のなんとこっけいで、おおらかなこと！　前人未到の異色伝奇ロマン。

ゆ-2-4

夢枕 獏
陰陽師《おんみょうじ》 付喪神《つくもがみ》ノ巻

妖物の棲み処と化した平安京。魑魅魍魎何するものぞ。若き陰陽師・安倍晴明と盟友・源博雅は立ち上がる。胸のすく二人の冒険譚。ますます快調の伝奇ロマンシリーズ第三弾。（中沢新一）

ゆ-2-5

夢枕 獏
陰陽師《おんみょうじ》 鳳凰《ほうおう》ノ巻

魔物は闇が造るのではない、人の心が産むものなのだ、博雅。さて、ゆくか――。平安の都人を脅かす魑魅魍魎と対峙する、ご存じ安倍晴明・源博雅二人の活躍を描くシリーズ第四弾!!

ゆ-2-7

夢枕 獏
陰陽師《おんみょうじ》 生成《なまな》り姫

源博雅が一人の姫と恋におちた。恋に悩む友を静かに見守る安倍晴明。しかし、姫が心の奥に棲む鬼に蝕まれてしまった。果して姫を助けられるのか？　陰陽師シリーズ初の長篇遂に登場。

ゆ-2-9

夢枕 獏
陰陽師《おんみょうじ》 龍笛《りゅうてき》ノ巻

蝶の蛹や芋虫など、虫が大好きな露子姫の許に、あの蘆屋道満から禍々しい幻虫が送られてきた。何を企むのか道満!?　晴明と博雅は虫退治へと向うのだが……。「むしめづる姫」他全五篇。

ゆ-2-13

夢枕 獏
陰陽師《おんみょうじ》 太極《たいきょく》ノ巻

安倍晴明の屋敷で、いつものように源博雅が杯を傾けている所へ、虫が大好きな露子姫がやってきた。何でも晴明に相談があるというのだが……。「二百六十二匹の黄金虫」他、全六篇収録。

ゆ-2-15

夢枕 獏
陰陽師《おんみょうじ》 瀧夜叉姫《たきやしゃひめ》（上下）
次々と平安の都で起きる怪事件。それらは、やがて都を滅ぼす恐ろしい陰謀へと繋がって行く……。事件の裏に見え隠れする将門との浅からぬ因縁。その背後に蠢《うごめ》く邪悪な男の正体とは？
ゆ-2-17

夢枕 獏
陰陽師《おんみょうじ》 夜光杯《やこうはい》ノ巻
博雅の名笛「葉二《はふたつ》」が消えた。かわりに落ちていたのは、黄金の粒。はたして「葉二」はどこへ？　晴明と博雅が平安の都の怪事件を解決する〝陰陽師〟。「月琴姫」ほか九篇を収録。
ゆ-2-20

夢枕 獏
陰陽師《おんみょうじ》 天鼓《てんこ》ノ巻
盲目の琵琶法師・蟬丸にとり憑いた美しくも怖ろしい女の正体とは？　女を哀れむ蟬丸が、晴明と博雅を前にその哀しい過去を語りだす――。「逆髪の女」他、全八篇を収録。
ゆ-2-24

夢枕 獏
陰陽師《おんみょうじ》 醍醐《だいご》ノ巻
都のあちらこちらに現れては伽羅の匂いを残して消える不思議の女がいた。果して女の正体は？　晴明と博雅が怪事件を解決する〝陰陽師〟。「はるかなるもろこしまでも」他、全九篇。
ゆ-2-25

夢枕 獏
陰陽師《おんみょうじ》 酔月《すいげつ》ノ巻
我が子を食べようとする母、己れの詩才を恃むあまり虎になった男。都の怪異を鎮めるべく今日も安倍晴明がゆく。四季の花鳥風月の描写が日本人の琴線に触れる大人気シリーズ。
ゆ-2-27

夢枕 獏
陰陽師《おんみょうじ》 蒼猴《そうこう》ノ巻
神々の逢瀬に歯嚙みする猿、秋に桜を咲かせる木、蝶に変わる財物――京の不思議がつぎつぎに晴明と博雅をおとなう大人気シリーズは、いよいよ冴え渡る美しさ、面白さ。
ゆ-2-30

夢枕 獏
陰陽師《おんみょうじ》 螢火《ほたるび》ノ巻
今回は、シリーズを通してサブキャラ人気ナンバーワンで、晴明の好敵手にして、いつも酒をこよなく愛する法師陰陽師・蘆屋道満の人間味溢れる意外な活躍が目立つ、第十四弾。
ゆ-2-33

（　）内は解説者。品切の節はご容赦下さい。

夢枕 獏
陰陽師《おんみょうじ》 玉兎《ぎょくと》ノ巻
木犀の香が漂う夜、晴明と博雅、蝉丸が酒を飲んでいると天から斧が降ってきて――陰陽師安倍晴明と源博雅の活躍を描く人気シリーズ第十五弾。もちろんあの蘆屋道満も登場します。
ゆ-2-35

夢枕 獏
村上 豊 絵
陰陽師《おんみょうじ》 瘤取《こぶと》り晴明
都で名を馳せる薬師、平大成《たいらのおおなり》・中成《なかなり》兄弟。その二人に鬼たちが取り憑いた。解決に乗り出した晴明と博雅。百鬼夜行の宴に臨む二人の運命は？　村上豊画伯と初めてのコラボレーション。
ゆ-2-16

夢枕 獏
村上 豊 絵
陰陽師《おんみょうじ》 首
美しい姫・青音は、求婚した二人の貴族に、近くの首塚へ行き、石を持って帰ってきたものと寄り添うと言い渡すが……。村上豊の手で蘇る「陰陽師」シリーズ、好評の絵物語第二弾。
ゆ-2-19

夢枕 獏
村上 豊 絵
陰陽師《おんみょうじ》 鉄輪《かなわ》
他の女に心変わりした男を恨んだ徳子姫は、丑の刻参りの末に生成《なまなり》の鬼になってしまう。事情を知った相手の男は晴明と博雅に助けを求めるのだが……。「陰陽師」絵物語シリーズ第三巻。
ゆ-2-22

夢枕 獏
よりぬき陰陽師《おんみょうじ》
怖い、可笑しい、愛しい！　日本人の心を鷲摑みにする安倍晴明・源博雅コンビの物語から、百話突破を記念して、著名人愛読者が選んだベスト・オブ・ベスト。豪華対談、エッセイ付。
ゆ-2-29

夢枕 獏
『陰陽師《おんみょうじ》』のすべて
シリーズが始まって三十年。百作を超えた「陰陽師」シリーズの人気の秘密、創作の源に迫る！　岡野玲子、睦月ムンク、渡辺真理など各界の第一人者が登場。
ゆ-2-31

夢枕 獏
陰陽師《おんみょうじ》 平成講釈 安倍晴明伝
安倍仲麿の子孫、安倍晴明尾花丸。帝の御悩平癒を願い、陰陽頭・蘆屋道満と問答対決、妖狐も絡んでの呪法合戦を繰り広げる。平成の講釈師・夢枕獏秀斎の語りの技が炸裂。（山口琢也）
ゆ-2-28

安部龍太郎
等伯（上下）
武士に生まれながら、天下一の絵師をめざして京に上り、戦国の世でたび重なる悲劇に見舞われつつも、己の道を信じた長谷川等伯の一代記を描く傑作長編。直木賞受賞。（島内景二）
あ-32-4

安部龍太郎
姫神
争いが続く朝鮮半島と倭国の平和を願う聖徳太子の遣隋使計画。海の民・宗像の一族に密命が下る。国内外の妨害工作に悩まされながら、若き巫女が起こした奇跡とは——。（島内景二）
あ-32-6

安部龍太郎
おんなの城
結婚が政略であり、嫁入りが高度な外交だった戦国時代。各々の方法で城を守ろうと闘った女たちがいた——井伊直虎、立花誾千代など四人の過酷な運命を描く中編集。（島内景二）
あ-32-7

安能　務
始皇帝　中華帝国の開祖
始皇帝は〝暴君〟ではなく〝名君〟だった!?　世界で初めて政治力学を意識し中華帝国を創り上げた男。その人物像に迫りつつ、現代にも通じる政治学を解きあかす一冊。（冨谷　至）
あ-33-4

浅田次郎
壬《み》生《ぶ》義《ぎ》士《し》伝《でん》（上下）
「死にたぐねえから、人を斬るのす」——生活苦から南部藩を脱藩し、壬生《みぶ》浪と呼ばれた新選組で人の道を見失わず生きた吉村貫一郎の運命。第十三回柴田錬三郎賞受賞。（久世光彦）
あ-39-2

浅田次郎
輪《わ》違《ちがい》屋《や》糸《いと》里《さと》（上下）
土方歳三を慕う京都・島原の芸妓・糸里は、芹沢鴨暗殺という、新選組の内部抗争に巻き込まれていく。大ベストセラー『壬生義士伝』に続き、女の〝義〟を描いた傑作長篇。（末國善己）
あ-39-6

浅田次郎
一刀斎夢録（上下）
怒濤の幕末を生き延び、明治の世では警視庁の一員として西南戦争を戦った新選組三番隊長・斎藤一の眼を通して描き出される感動ドラマ。新選組三部作ついに完結！（山本兼一）
あ-39-12

（　）内は解説者。品切の節はご容赦下さい。

浅田次郎
黒書院の六兵衛（上下）
江戸城明渡しが迫る中、てこでも動かぬ謎の武士ひとり。勝海舟や西郷隆盛も現れて、城中は右往左往。六兵衛とは一体何者か？笑って泣いて感動の結末へ。奇想天外の傑作。（青山文平）
あ-39-16

あさのあつこ
燦《さん》 1 風の刃《やいば》
疾風のように現れ、藩主を襲った異能の刺客・燦。彼と剣を交えた家老の嫡男・伊月。別世界で生きていた二人には隠された宿命があった。少年の葛藤と成長を描く文庫オリジナルシリーズ。
あ-43-5

あさのあつこ
燦 2 光の刃
江戸での生活がはじまった。伊月は藩の世継ぎ・圭寿と大名屋敷住まい。長屋暮らしの燦と、伊月が出会った矢先に不吉な知らせが。少年が江戸を奔走する文庫オリジナルシリーズ第二弾！
あ-43-6

あさのあつこ
燦 3 土の刃
「圭寿、死ね」。江戸の大名屋敷に暮らす田鶴藩の後嗣に、闇から男が襲いかかった。静寂を切り裂き、忍び寄る魔の手の正体は。そのとき伊月は、燦は。文庫オリジナルシリーズ第三弾。
あ-43-8

あさのあつこ
火群《ほむら》のごとく
兄を殺された林弥は剣の稽古の日々を送るが、家老の息子・透馬と出会い、政争と陰謀に巻き込まれる。小舞藩を舞台に少年の友情と成長を描く、著者の新たな代表作。（北上次郎）
あ-43-12

あさのあつこ
もう一枝《いっし》あれかし
仇討に出た男の帰りを待つ遊女、夫に自害された妻の選ぶ道、若き日に愛した娘との約束のため位を追われる男——制約の強い時代だからこその一途な愛を描く傑作中篇集。（大矢博子）
あ-43-16

青山文平
白樫の樹の下で
田沼意次の時代から清廉な松平定信の息苦しい時代への過渡期。いまだ人を斬ったことのない貧乏御家人が名刀を手にしたとき、何かが起きる。第18回松本清張賞受賞作。（島内景二）
あ-64-1

青山文平
かけおちる
藩の執政として辣腕を振るう男は二十年前、男と逃げた妻を斬った。今また、娘が同じ過ちを犯そうとしている——。時代小説の新しい世界を描いて絶賛される作家の必読作!（村木　嵐）
あ-64-2

青山文平
つまをめとらば
去った女、逝った妻……瞼に浮かぶ、獰猛なまでに美しい女たちの面影は男を惑わせる。江戸の町に乱れ咲く、男と女の性と業。女という圧倒的リアル!　直木賞受賞作。（瀧井朝世）
あ-64-3

井上ひさし
手鎖心中
材木問屋の若旦那、栄次郎は、絵草紙の人気作者になりたいと願うあまり馬鹿馬鹿しい騒ぎを起こし……歌舞伎化もされた直木賞受賞作。表題作ほか「江戸の夕立ち」を収録。（中村勘三郎）
い-3-28

井上ひさし
東慶寺花だより
離縁を望み決死の覚悟で鎌倉の「駆け込み寺」へ——女たちの事情、強さと家族の絆を軽やかに描いて胸に迫る涙と笑いの時代連作集。著者が十年をかけて紡いだ遺作。（長部日出雄）
い-3-32

池波正太郎
秘密
家老の子息を斬殺し、討手から身を隠して生きる片桐宗春。だが人の情けに触れ、医師として暮すうち、その心はある境地に達する——。最晩年の著者が描く時代物長篇。（里中哲彦）
い-4-95

池波正太郎
鬼平犯科帳　決定版（二十三）
特別長篇　炎の色
謹厳実直な亡父に隠し子がいた。衝撃の事実と妹の存在を知った平蔵は、その妹のためにひと肌脱ぐ。一方、おまさは女盗賊に気に入られ、満更でもない。「隠し子」「炎の色」を収録。
い-4-123

池波正太郎
鬼平犯科帳　決定版（二十四）
特別長篇　誘拐
国民的時代小説シリーズ「鬼平犯科帳」最終巻。未完となった表題作ほか「女密偵女賊」「ふたり五郎蔵」の全三篇。秋山忠彌「平蔵の好きな食べもの屋」を特別収録。（尾崎秀樹）
い-4-124

（　）内は解説者。品切の節はご容赦下さい。

浅田次郎
草原からの使者
沙高樓綺譚
総裁選の内幕、莫大な遺産を受け継いだ御曹司が体験するカジノの一夜、競馬場の老人が握る幾多の人生。富と権力を持つ人間たちの虚無と幸福を浅田次郎が自在に映し出す。（有川　浩）
あ-39-11

浅田次郎
降霊会の夜
生者と死者が語り合う降霊会に招かれた作家の〝私〟は、思いもかけない人たちと再会する……。青春時代に置き忘れたもの、戦後という時代に取り残されたものへの鎮魂歌。（森　絵都）
あ-39-18

浅田次郎
獅子吼《ししく》
戦争・高度成長・大学紛争――いつの時代、どう生きても、過酷な運命は降りかかる。激しい感情を抑え進む、名も無き人々の姿を描きだした、華も涙もある王道の短編集。（吉川晃司）
あ-39-19

あさのあつこ
スポットライトをぼくらに
「僕はどんな大人になりたいんだろう」地方都市の小さな町に住む中学二年の秋庭樹には、思い描ける将来がない。幼馴染みの達彦・美鈴と共に悩み成長する姿を描いた傑作青春小説。
あ-43-19

あさのあつこ
透き通った風が吹いて
野球部を引退した高三の渓哉は将来が思い描けず焦燥感にさいなまれている。ある日道に迷う里香という女性と出会うが……。書き下ろし短篇「もう一つの風」を収録した直球青春小説。
あ-43-20

あさのあつこ
I love letter
アイラブレター
文通会社で働き始めた元引きこもりの岳彦に届くのは、ワケありの手紙ばかり。いつしか自分の言葉を便箋に連ね、手紙で難事に向き合っていく。温かくて切なく、少し怖い六つの物語。
あ-43-21

有栖川有栖
火村英生に捧げる犯罪
臨床犯罪学者・火村英生のもとに送られてきた犯罪予告めいたファックス。術策の小さな綻びから犯罪が露呈する表題作他、哀切でエレガントな珠玉の作品が並ぶ人気シリーズ。（柄刀　一）
あ-59-1

有栖川有栖
菩提樹荘の殺人
少年犯罪、お笑い芸人の野望、学生時代の火村英生の名推理、アンチエイジングのカリスマの怪事件とアリスの悲恋。「若さ」をモチーフにした人気シリーズ作品集。（円堂都司昭）
あ-59-2

阿部智里
烏《からす》に単《ひとえ》は似合わない
八咫烏の一族が支配する世界「山内」。世継ぎの后選びを巡る有力貴族の姫君たちの争いに絡み様々な事件が……。史上最年少松本清張賞受賞作となった和製ファンタジー。（東　えりか）
あ-65-1

阿部智里
烏《からす》は主《あるじ》を選ばない
優秀な兄宮を退け日嗣の御子の座に就いた若宮に仕えることになった雪哉。だが周囲は敵だらけ、若宮の命を狙う輩も次々に現れる。彼らは朝廷権力闘争に勝てるのか？（大矢博子）
あ-65-2

阿部智里
黄金《きん》の烏《からす》
八咫烏の世界で危険な薬の被害が次々と報告される。その行方を追って旅に出た若宮と雪哉は、最北の地で村人を襲い喰らい尽くす大猿に遭遇する。シリーズ第三弾。（吉田伸子）
あ-65-3

阿部智里
空棺《くうかん》の烏《からす》
人間にかわり八咫烏が支配する世界「山内」。山内のエリート武官を養成する学校で切磋琢磨する少年たちの青春の日々を彩る、冒険、謀略そして友情。大人気シリーズ第四弾。（大森　望）
あ-65-4

阿部智里
玉依姫《たまよりひめ》
八咫烏シリーズはここから始まった——。女子高生・志帆が、母の故郷の山奥で遭遇したおぞましきものとは。ついに明らかになる異世界「山内」の秘密。八咫烏たちの命運はどうなるのか。
あ-65-5

阿部智里
弥栄《いやさか》の烏《からす》
大地震に襲われた山内。崩壊の予感が満ちる中、若宮の記憶は戻るのか。猿との最終決戦に臨む参謀・雪哉のとった作戦とは——すべての謎が明かされる、シリーズ第一部完結！（対談・夢枕　獏）
あ-65-6